Stefan Lamboury

Gefangen in seiner Liebe

Kurzgeschichtensammlung

Für Frank Schaten

Der Autor:

Stefan Lamboury wurde 1982 in Ahaus geboren. Nach einer Ausbildung zur Bürokraft begann Stefan ein Fernstudium bei der Schule – des – Schreibens, welches er Ende 2007 erfolgreich abschloss. Schon während seines Studiums veröffentlichte Stefan erste Kurzgeschichten in Zeitschriften und verschiedenen Ebookverlagen. Seit 2017 ist Stefan als freier Texter im Internet tätig. Mehrere seiner Novellen wurden inzwischen auch als Hörbücher vertont. Unter dem Pseudonym Sophie Jackman erotische Kurzgeschichten für einen Kleinverlag. Zuletzt erschien seine Kurzgeschichtensammlung Wesen ohne Seelen bei tolino Media und tredition.

Das Buch:

Rebecca will nach der Trennung von ihrem Exfreund ein neues Leben anfangen. Ihre Freundin Laura steht in der Zeit zur Seite und lässt sie kostenlos bei sich wohnen. Doch ihr Exmann Clemens verkraftet die Trennung nicht und bombardiert sie mit Anrufen, Briefen und Whats App Nachrichten. Seine Botschaften werden schon bald immer bedrohlicher und Rebecca muss einsehen, dass sie sich in tödlicher Gefahr befindet. /Ein kleines Dorf wird regelmäßig von einem menschenfressenden Monster heimgesucht. /Pias Freund unterstellt ihr, dass sie ihn betrügt. Doch bald muss Pia feststellen, dass sie das Opfer einer Intrige ihrer Mitbewohner geworden ist, die ihren Sadismus an ihr ausleben wollen. Kann Pia dem Strudel aus Gewalt und Lügen entkommen?

Vorwort des Autors:

Liebe Leser,

ich freue mich, wieder da zu sein und Ihnen meine inzwischen vierte Sammlung von spannenden Kurzgeschichten präsentieren zu können. Ähnlich wie schon in der vorangegangenen Kurzgeschichtensammlung Wesen ohne Seelen, ist auch in dieser Sammlung ein True Crime Fall enthalten, bei dem es einem die Haare zu Berge stehen lässt. Glauben Sie mir, dass kein Buch so grausam sein kann, wie das wahre Leben. In diesem Vorwort möchte ich mich auch noch mal bei ein paar Leuten bedanken, wie dem Buchhändler Frank Schaten der alle meine Werke in seinem Buchladen hier in Ahaus anbietet. Vielen dank, außerdem gilt mein Dank Perry Pane von Sofatalk und Theo Gitzen, der mit mir einen kleinen Livestream gemacht hat. Falls Sie also mal ein Buch von mir bevor Sie es kaufen in der Hand halten wollen, fahren Sie einfach nach Ahaus und statten Sie der Buchhandlung Schaten einen Besuch ab. Der Inhaber ist sehr freundlich und hat eine gute Auswahl an Büchern und darunter findet man nicht nur Bestsellerautoren.

Und jetzt wünsche ich Ihnen viel Spaß und grausame Stunden beim Lesen dieses Buches.

Schönen Gruß

St.L

Kapitel 1

Ein neues Leben

Es ist ein heißer Tag im Juni, als Rebbeca gegen 16:00 Uhr von der Arbeit nach Hause kam, nie hatte sie sich so auf ihre Arbeit als Sekretärin gefreut wie in letzter Zeit. Die Arbeit lenkte sie ab und brachte sie für ein paar Stunden auf andere Gedanken. Sie fuhr den alten Ford in die Auffahrt und stieg aus dem Auto. Der Wind spielte mit ihren Haaren, als sie den Wagen abschloss. Die Lichter des Ford leuchteten kurz auf, als sie den Wagen verschloss. Beizeiten würde sie sich vielleicht etwas anderes suchen. Auf Dauer würde sie nicht bei ihrer Freundin bleiben können. Aber fürs Erste war sie froh, dass sie bei Laura Unterschlupf gefunden hatte. Rebbeca kramte den Briefkastenschlüssel heraus und schloss den Briefkasten auf. Die Wochenpost und ein paar Rechnungen lagen im Inneren des Briefkastens. Sie steckte die Post in ihre Handtasche, dann betrat sie den Hausflur und stieg die Stufen zum ersten Stock hoch. Die Absätze ihrer Schuhe klackten auf den Fliesen.

„Hallo Laura bist du da?", fragte Rebbeca, als sie die Wohnungstür aufschloss, doch niemand antwortete. Rebbeca trat in die Küche, auf dem Herd standen Kartoffeln, Rotkohl und ein Braten. Ihre Freundin war Freelancerin und arbeitete von zuhause aus. Einen Luxus, den sie sich selbst nicht leisten konnte. Rebbeca legte die Post auf den Tisch, als ihr ein roter Umschlag in die Hände fiel, in geschwungen Buchstaben, stand ihr Name auf dem Kuvert. Rebbeca wusste genau, von wem dieser Brief kam. Seine Handschrift hätte sie unter tausenden Briefen erkannt. Clemens, schoss es ihr in den Kopf, was wollte er noch von ihr? Rebbecas Smartphone klingelte. Sie legte den Brief beiseite und sah auf das Display. Eine Nachricht auf Whatts App wurde ihr angezeigt, die Nachricht war von Clemens. Rebbeca verdrehte die Augen und tippte auf die Nachricht. Das Gif eines roten Herzens sprang ihr entgegen. Sorry, ich liebe Dich! Rebbeca drückte die Nachricht weg, hatte dieser Arsch denn nicht kapiert, dass es vorbei war? Rebbeca öffnete den Brief, eine Karte mit einem Herz und einem 25 Eurogutschein für Zalandoo war dem Brief beigelegt.

Es tut mir leid, bitte geb mir noch eine Chance, ich liebe dich Clemens.

Rebbeca zerriss die Karte und warf sie in den Müll. Sie hatte weder die Zeit noch die Lust, sich mit diesem Arschloch zu beschäftigen. Aber in den nächsten Tagen würde sie Clemens noch einmal unmissverständlich klar machen, dass ihre Beziehung vorbei war, und zwar endgültig.

Sie konnte sich noch gut daran erinnern, wie sie Clemens kennen gelernt hatte, es war vor sechs Monaten in einer Bar gewesen. Sie war gemeinsam mit ein paar Freundinnen ein wenig was trinken gegangen, als Clemens sie ansprach und sie auf einen Drink einlud. Clemens sah nicht schlecht aus und er war charmant gewesen. Sie hatten sich nett unterhalten, Clemens war, Versicherungsvertreter und hatte einen interessanten Humor. Er hatte braune kurze Haare und er war gebildet. Anders als viele Typen in solchen Bars war er noch nüchtern und Herr seiner Sinne gewesen. Clemens hatte sich sehr gewählt ausgedrückt, das war es, was sie beeindruckt hatte. So hatte sie beschlossen, ihn näher kennen zu lernen, einer der größten Fehler ihres Lebens wie sich später herausstellte. Sie war ein paar Mal mit ihm Essen gegangen und sie hatte ihm ihre Nummer gegeben. Clemens war nett gewesen. Sie hatten einige Male telefoniert und war sechs Monate später zu ihm gezogen. Rebbeca konnte sich noch gut an die Anfangszeit erinnern, Clemens und sie waren mehrfach ausgegangen, ins Theater oder ins Freiluftkino hier in Berlin. Aber Clemens war nicht der, für den er sich ausgegeben hatte. Nachdem sie zu ihm gezogen war, zeigte ihr Ex sein wahres Gesicht, er wurde aufbrausend und wollte ihr vorschreiben, was sie anzuziehen hatte oder wann sie weggehen durfte. Einmal hatte er sie sogar geschlagen und das nur, weil sie einem anderen Typen angelächelt hatte. Da hatte Rebbeca die Reißleine gezogen und war zu ihrer Freundin geflüchtet.

Das Klingeln ihres Smartphones riss sie aus ihren Gedanken. Als sie auf das Display sah, erblickte sie Clemens-Nummer. Rebbeca drückte ihn weg, aber ihr Ex ließ sich davon nicht abwimmeln. Nach nur wenigen Sekunden klingelte es erneut. Rebbeca legte ihr Smartphone auf den Wohnzimmertisch. Was wollte dieses Arschloch noch von ihr? Kapierte er nicht, dass sie nichts mehr mit ihm zu tun haben wollte?

Bestimmt ist es nur eine Phase, irgendwann wird er über uns hinweg sein, dann hören auch die Anrufe auf., schoss es ihr in den

Kopf. Rebbeca begann sich dem Essen zu widmen, während ihr Handy in einer Tour weiter klingelte.

Die Wohnungstür ging auf.

„Hallo Rebbeca und alles in Ordnung? Ich habe das Essen schon vorbereitet, wir müssen es nur noch einmal in der Mikrowelle aufwärmen, dann können wir gemeinsam essen."

Rebbeca nickte. Laura stellte die Einkäufe ab, trat auf ihre Freundin zu und sagte: „Hey was ist los?"

Dann fiel das Smartphone in ihr Blickfeld und sie fragte: „Clemens?"

„Er versteht einfach nicht, dass es mit uns vorbei ist."

„Triff dich doch noch einmal mit ihm, ich bin gern bereit, dich zu begleiten, falls du dich nicht allein traust, und dann sagst du ihm noch einmal unmissverständlich, er soll dich in Ruhe lassen?", sagte Laura.

Rebbeca atmete erleichtert auf und ein Lächeln huschte über ihr Gesicht, als sie sagte: „Würdest du das wirklich für mich tun?"

„Selbstverständlich, wofür sind Freundinnen schließlich da?"

Rebbeca griff zum Smartphone und ging auf Whatts App, in welchem sie immer noch das Profil ihres Exfreundes aktiviert hatte. Sie hatte bei all dem Stress und die Sorgen ganz vergessen, ihn zu blockieren. Als sie sein Profil aufrief, fand sie dort zwanzig Nachrichten, mit ich liebe dich. Es tut mir leid.

Komm zurück zu mir. Geb mir noch eine Chance. Hast du vergessen, was zischen uns mal war usw. Rebbeca verdrehte die Augen und schrieb folgenden Text: Clemens wir müssen reden, komme morgen früh um halb neun ins Eiscafé Florida. Das Cafe am Rathaus.

Ich werde da sein mein Engel, ich freu mich Kuss Clemens

Als Rebecca seine Antwort las, wurde ihr heiß und kalt. Glaubte er wirklich, dass er bei ihr auch nur noch den Hauch einer Chance hätte? *Clemens du brauchst professionelle Hilfe*, schoss es ihr in den Kopf.

„Hat dein Ex angebissen?" , fragte Laura.

„Wir werden uns morgen um halb neun im Eiscafe Florida treffen. Ich schwöre ohne deinen Beistand würde ich es nicht schaffen, mich mit diesem Arschloch zu verabreden. Ich kann überhaupt nicht mehr verstehen, wie ich diesen Kerl mal lieben konnte."

„Kein Thema, wofür sind Freundinnen schließlich da. Ich weiß was, sobald wir dieses Arschloch abserviert haben, machen wir einen schönen Stadtbummel gehen vielleicht Eis essen oder schauen uns einen Film im Freiluftkino an. Wir könnne auch shoppen gehen oder einfach sitzen einfach nur in der Sonne und lästern über die Leute, die an uns vorbei gehen. Na was sagst du dazu?"

Das war typisch Laura aus jeder Scheiße, musste sie ein Happening machen, auch wenn es in dieser Situation absolut nicht angebracht war. Eine Zeitlang überlegte Rebeca ihrer Freundin zu widersprechen. Auf der anderen Seite hatte ihre Freundin nicht unrecht, ein Stadtbummel würde sie auf andere Gedanken bringen. Rebbeca verdrehte die Augen, dann sagte sie: „Du gibst doch eh keine Ruhe du Nervensäge also gut.“

„Das wird klasse, wir gehen Eis essen und Kaffee trinken, kaufen uns vielleicht ein paar schöne Sachen und lästern dabei über die ganzen Kerle, die sich wie Arschlöcher verhalten. Ich freu mich drauf und dir wird das garantiert auch gefallen.“

„Und was machen wir mit dem angebrochen Tag?“ , fragte Rebecca. Die Küchenuhr zeigte ihr an, dass es fünf Uhr am Nachmittag war.

„Ich bin ziemlich erledigt, war ein stressiger Tag heute, ich gehe duschen und dann hau ich mich auf die Couch mal schauen, vielleicht läuft in der Glotze was vernünftiges.“

Rebecca blockierte ihren EX auf Watts App, aber ihr Smartphone klingelte ununterbrochen. Genervt vom penetranten Klingeln, stellte Rebecca ihr Smartphone auf lautlos, ehe sie sich in eine Decke kuschelte und zusammen mit ihrer Freundin ein wenig Fern sah. Dabei gelang es ihr kurzfristig ihren Exfreund zu vergessen.

Kapitel 2

Verflossene Liebe

Ein schwarzer BMW parkte vor Lauras Haus. Wie schön Rebbeca doch war. Ihr graziler Oberkörper und ihre lange Beine. Dazu ihr langes schwarzes Haar, welches so gut zu ihrer leicht gebräunten Haut passte. Wie lange stand er bereits hier und beobachtete die Wohnung von Rebeccas Freundin? Dachte Rebecca wirklich, er würde so einfach aufgeben? Sie beide waren füreinander bestimmt und nichts und niemand würde jemals zwischen ihnen stehen. Clemens klopfte ein wenig mit den Fingern auf dem Lenkrad herum. Warum antwortete sein Engel nicht? Er griff erneut zum Smartphone und rief Whatts App auf, Rebecca hatte seine letzte Nachricht noch nicht einmal gelesen. Was war das, wieso war ihr Profil- und ihr Profilbild nicht mehr aufrufbar? Clemens versuchte, ihr eine Nachricht zu schreiben, doch statt zwei ausgegrauter Haken war nur ein Haken sichtbar. War sein Smartphone kaputt? Clemens ballte die Hände zu Fäusten, warum ging sie nicht ans Smartphone, warum las sie seine Nachrichten nicht? Sollte er es noch einmal versuchen? Hatte sie ihn etwa auf Watts App... ? Clemens brachte den Gedanken nicht zu Ende. Warum hatte sie das getan, wie hatte sie das nur tun können? Vielleicht war sie gerade anderweitig beschäftigt und hatte keine Zeit, auf ihr Smartphone zu schauen. Keine Zeit? Sollte er sie vielleicht noch einmal versuchen, sie anzurufen? Das war lächerlich, sie musste Zeit für ihn haben. Was gab es Wichtigeres im Leben als den Partner?

„Nichts.", antwortete seine innere Stimme Clemens Atem beschleunigte sich, dann schmiss er das Smartphone auf den Beifahrersitz und umfasste das Lenkrad so stark, dass seine Fingerknöchel ganz weiß wurden. Wie hatte sie ihn nur verlassen können? Er liebte sie doch und er würde alles wieder gut machen. Er hatte nicht vor aufzugeben, er würde um sie kämpfen. Er wollte um Rebecca kämpfen bis zum letzten Atemzug.

Er konnte sich noch gut daran erinnern, wie sie sich kennen gelernt hatten. In dieser Bar, ihre langen Beine waren das Erste, was ihm aufgefallen was. Dazu die enge Jeans, welche ihre Kurven so gut betonte. Sein Puls beschleunigte sich und kleine Schweißtropfen bildeten sich auf seiner Stirn. Sen Adamsapfel hüpfte auf und ab während die Ader an seiner Stirn pulsierte. Bei dem Gedanken an seinen Engel wurde ihm ganz warm ums Herz. Was hatte sie ihm noch mal gesagt? Es wäre ..., nein das konnte nicht sein. Er hatte alles für sie getan und ihr jeden Wunsch von den Lippen abgelesen. Sein Engel hatte ihn nicht verlassen. Sein Engel würde zu ihm zurückkommen, und zwar schon bald, sehr bald. Wie sollte sein Engel denn ohne ihn klarkommen, Rebecca brauchte ihn doch und er brauchte sie. Sie würden wieder zusammen kommen, vielleicht nicht heute oder morgen, aber bald. Rebecca wird sich eines Tages an ihre schönen Zeiten erinnern, wenn nicht, würde er ihr dabei behilflich sein und dann würde sie erkennen, dass sie ohne ihn genauso wenig leben konnte, wie er ohne sie. Vielleicht würde dieser Tag schon morgen sein. Sie hatten sich für morgen verabredet. *Das wird ein schöner Tag,* schoss ihm in den

Kopf. Vielleicht konnten sie nach dem Eiskaffee noch gemeinsam ins Kino gehen oder einen Stadtbummel machen, dann wäre alles wieder so wie früher. Clemens starrte erneut auf sein Smartphone, welches noch immer keine Nachricht von seinem Engel zeigte. Aber das machte nichts. Morgen, morgen würde sein Engel erkennen, dass sie beide füreinander bestimmt waren und das nichts und niemand sie je auseinanderbringen könnte. Clemens lächelte, sollte er ihr vielleicht noch einen Gruß hinterlassen? Er verwarf den Gedanken jedoch, heute Abend würde er nach langer Zeit mal wieder richtig schlafen können. Wie oft hatte er in den vergangenen Wochen wach gelegen und sich von einer Seite auf die andere geworfen, weil sein Engel nicht neben ihn gelegen hatte? Morgen wäre das alles vorbei, die Trennung, dass sie mit ihm Schluss gemacht hatte, das alles würde ihm morgen nur wie ein schlechter Traum vorkommen. Ein Lächeln huschte über sein Gesicht. Er fischte eine Marlboro aus seiner Hosentasche, zündete die Zigarette an und tat einen tiefen Zug, ehe er das Seitenfenster seines BMWS öffnete und den Qualm hinausblies. Clemens schaute auf seine Uhr, es war bereits 21:00 Uhr, hatte er wirklich zwei Stunden hier im Auto vor dem Haus von Rebeccas Freundin gesessen und seinen Erinnerungen nachgehangen? War die Zeit so schnell vergangen? Es war ihm gar nicht so lange vorgekommen. *Morgen* schoss es ihm in den Kopf, morgen würde er seinen Engel wieder sehen, dann würde sich alles zum Guten wenden. Er würde ihr eine kleine Freude machen und ihr etwas mitbringen. Dann würde sie erkennen, dass er es nur gut mit ihr meinte, das Ganze war doch nichts weiter, als ein großes Missverständnis. Sie beide Rebecca und er waren füreinander bestimmt. Clemens tat einen weiteren Zug von der Zigarette, ehe er sie aus dem Fenster schnippte. Kleine Schweißperlen bildeten sich auf seiner Stirn, die er mit dem Handrücken fortwischte. Clemens nahm sein Smartphone vom Beifahrersitz und rief das Foto auf, welches ein Freund von ihm geschossen hatte, auf seiner Geburtstagsfeier. Rebecca hatte auf der Geburtstagsfeier damals ihre Haare rot gefärbt. Trug sie immer noch rote Haare, war ihr Haar immer noch so lang wie auf dem Foto oder hatte sie es sich abschneiden lassen? Hoffentlich nicht, das konnte sie unmöglich tun, sie war seine Freundin und wenn dann hatte sie ihn zu fragen, ob sie ihr Haar abschneiden lassen durfte. Diese Fragen drängten sich in seinem Kopf. Morgen würde er auf diese Fragen eine Antwort bekommen. Trug sie noch ihren Verlobungsring? So wie er, durch diesen Ring waren sie für immer aneinandergebunden. Sie beide Rebecca und er gehörten zusammen egal, was kam. Es war Schicksal und es war vorherbestimmt und bald würde das auch Rebecca einsehen müssen, der Gedanke gefiel ihm. Sie beide waren füreinander bestimmt und das für alle Zeit und bald würden wieder zusammen sein. Nichts kam je zwischen ihm und Rebecca. Er hoffte, dass Rebecca das niemals vergaß, er duldete keinen anderen Mann neben sich. Er startete den Motor und fuhr nach Hause. Morgen würden Rebecca und er neu geboren werden.

Kapitel 3

Die Aussprache

Der runde graue Glasklotz gegenüber dem Rathaus von Berlin tauchte wie ein riesiges Monstrum vor ihr auf. Der blaue Schriftzug und die gleichfarbige Palme, die ein wenig Sommerfeeling vermitteln sollten, wirkten auf Rebecca albern und deplatziert. Das Eiscafé war brechend voll, jeder Tisch im Außenbereich war besetzt. Rebecca und Laura schauten sich um, ob sie irgendwo Rebeccas Ex ausmachen konnten, sahen ihn aber nirgends. Rebeccas Magen zog sich zusammen und ihr Herz schlug einen Takt schneller. War es richtig gewesen, sich noch einmal mit Clemens zu treffen? Vielleicht hätte sie einfach ihre Klappe halten sollen. Kleine Schweißperlen bildeten sich auf ihrer Stirn, welche sie mit dem Handrücken fortwischte. Sie sahen ein Ehepaar, welches mit zwei kleinen Kinder vergnüglich Eis schleckte, wobei die Kinder, ihr Eis eher in eine undefinierbare Soße verwandelten, sodass sie es schon fast besser mit einem Strohhalm trinken konnten. Eine Schlange von Kindern stand vor dem Eingangsbereich, um sich ein Eis auf die Hand zu holen. Rebecca fuhr ein Lächeln übers Gesicht. Unter einer Eiche nur wenige Meter von der Eisdiele entfernt saß ein älterer Herr, Rebecca schätzte ihn auf ungefähr 70 Jahre mit einem alten Trinkbecher in der Hand um nach einigen Münzen zu betteln. Rebecca kramte etwas Kleingeld aus ihrem Geldbeutel und warf dem Mann ein paar Centstücke in den Plastikbecher. Der Mann lächelte ihr zu, Rebecca erwiderte das Lächeln, ehe sie sich umdrehte und auf die Eisdiele zuging.

„Warum hast du das getan? Du weißt, dass sich der Herr davon Schnaps kaufen wird.", sagte Laura und schenkte ihrer Freundin eine traurigen Blick.

„Ich schätze dich als Freundin wirklich sehr, aber du weißt auch dass ich deine Einstellung nicht teile. Nicht jeder Obdachlose ist Alkoholiker, einige sicher aber nicht alle, wir können selbst auch mal in die Situation kommen, in welcher wir auf die Hilfe unserer Mitmenschen angewiesen sind, Laura."

Rebecca fand es beschämend, wie die Regierung die Menschen im Stich ließ, die ihr Leben lang gearbeitet hatten und sich für ihr Land und ihr Leben buchstäblich den Arsch aufgerissen hatten. Und dann hieß es im Grundgesetz immer: Die Würde des Menschen sei unantastbar. Was hatte das Betteln nach ein einigen Centstücken, denn noch mit Würde zu tun? Hohle Phrasen, es war ein Unding, dass sich die Politiker ihren Diäten immer weiter erhöhten und noch fetter wurden, während Leute die ihr Leben lang schwer gearbeitet hatten betteln und Pfandflaschen aus dem Abfall kramen mussten um, was zu essen auf den Tisch zu bekommen. Ein paar Busse hielten direkt am Rathaus, Rebecca nahm aus den Augenwinkeln wahr, wie die Leute ein- und ausstiegen. Wo war Clemens? Rebecca sah auf die Uhr, es war halb neun und wenn es an ihrem Ex etwas gab, was sie wirklich schätzte, dann war es seine Pünktlichkeit.

„Na wo ist Clemens, scheint fast so, als ob er eure Verabredung vergessen hat." , sagte Laura.

„Er ist hier irgendwo du kennst meinen Ex, wenn er eine gute Eigenschaft hatte, dann die, dass er immer pünktlich wie die Maurer war."

Nach kurzem suchen fanden sie ihren Exfreund, er saß an einem der hinteren Tische, vor ihm auf dem Tisch lag ein Blumenstrauß und in der Hand hielt er einen Eiskaffee. Rebecca seufzte, als sie ihn erblickte, atmete sie einmal tief durch, ehe sie auf ihn zuging. Laura folgte ihr mit etwas Abstand.

Als Clemens die Frauen erblickte, stand er auf und reichte ihnen die Hand. Rebecca nahm sie jedoch nicht an, sondern sah ihm kühl in die Augen und deutete mit einer Handbewegung an, dass er Platz nehmen sollte.

„Hey du siehst gut aus, wie geht es dir?" , fragte ihr Ex, wobei er sich hinter dem linken Ohr kratzte, eine Geste die Rebecca nur zu gut von ihm kannte.

„Danke mir geht es gut Clemens und selbst?" , antwortete Rebecca.

„Auch gut." , sagte Clemens, doch Rebecca war sich sicher, dass dies nicht der Wahrheit entsprach. Sie roch Whisky, er war noch immer nicht, darüber hinweg, dass sie Schluss gemacht hatte.

„Du bist noch nie ein guter Lügner gewesen Clemens, ich kann dich lesen wie ein Buch."

Clemens schaute zu Laura hoch, dann sagte er: „Hör zu Laura, könntest du dich bitte ein wenig entfernen, dieses Gespräch geht nur Rebecca und mich etwas an."

Als Rebecca ihr zu nickte, sagte sie: „Okay ist in Ordnung, falls du mich brauchst kannst du mich ruhig rufen, ich werde mich einfach zu dem Ehepaar rechts neben euch setzen. Falls etwas passiert bin ich da Clemens, verlass dich drauf."

Clemens riss die Augen auf, seine Finger ballten sich zu Fäusten, dann öffnete er sie wieder. Ein klares Zeichen für Rebecca, dass er darum kämpfte nicht die Fassung zu verlieren. Die Bedienung eilte an ihren Tisch, Rebecca bestellte ein kleines Glas Wasser, dann wandte sie sich wieder ihrem Exfreund, der sagte: „Mir tut es wirklich leid, was geschehen ist, aber können wir es nicht noch einmal miteinander versuchen? Ich werde mich ändern und an meiner Eifersucht arbeiten ehrlich. Ich werde alles wieder gut machen.", wobei er ihre Hand ergriff und lächelte. Rebecca befreite sich aus seinem Griff, als die Bedienung ihr das Wasser brachte, nahm sie einen großen Schluck, wobei sie Clemens über den Rand des Glases hinweg beobachtete und sagte: „Clemens zwischen uns, das ist vorbei, für dich gibt es in meinem Leben keinen Platz mehr. Ich möchte nicht, dass du mir weiter hin Nachrichten schreibst, mich anrufst oder sonst etwas machst. Ich wünsche dir, dass du eine Partnerin findest, mit welcher du glücklich sein wirst, aber ich bin nicht die Richtige. Hast du das verstanden? Und jetzt habe ich noch einen Termin, ich wollte dir das nur mitteilen mach es gut.", sagte Rebecca, wobei sie das Glas abstellte und gehen wollte, doch Clemens ergriff ihr Handgelenk, sah sie mit Tränen in den Augen an. Rebecca befreite sich aus seinem Griff und sagte: „Zum letzten Mal es ist vorbei, dein Eiskaffee geht auf mich. Wenn du mir folgst, werde ich das ganze Café zusammen schreien, hast du verstanden?

Mit diesen Worten packte sie ihre Handtasche und gab Laura einen Wink, dass sie gehen wollte. Laura wandte sich, bevor sie gingen noch einmal Clemens zu und sagte: „Verstehe endlich, dass ihr beide keine Zukunft mehr habt und lass sie in Ruhe, das ist für euch beide besser. So machst du dich und meine Freundin kaputt. Was du mit dir machst Clemens ist mir egal, aber lass Rebecca in Ruhe hast du verstanden?"

Clemens wischte sich die Tränen mit dem Handrücken fort und blickte ihnen nach, bis sie aus seinem Blickfeld verschwanden. Glaubte sie wirklich, er würde sich von ihr so einfach abservieren lassen? Sie konnte ihn doch nicht einfachverlassen. Keine Frau verließ ihn einfach so und bald sollte das auch Rebecca einsehen. Er würde weiter um sie kämpfen, das hatte er sich geschworen und er hatte einen Plan, Rebecca sollte schon bald eine interessante Überraschung bekommen.

Kapitel 4

Ein mysteriöses Geschenk

Als Rebecca an diesem Tag von der Arbeit nach Hause kam, wurde sie von ihrer Freundin bereits erwartet. Es duftete nach Bratkartoffeln und gebratenem Speck. Seit ihrem Gespräch im Eiscafé Florida stand ihr Smartphone wieder still und sie konnte wieder richtig durchschlafen. Die Aussprache mit ihrem Exfreund hatte also tatsächlich etwas gebracht. Er hatte endlich geschnallt, dass er bei ihr keine Chance mehr hatte.

„Bist du Hellseherin, ich sterbe vor Hunger Laura.", sagte Rebecca.

„Nee, aber ich dachte wir essen gemeinsam und dann schauen wir mal, was wir an diesem Tag noch so schönes machen."

„Ich wollte eigentlich die Wohnungsanzeigen durchgehen, ich habe nämlich keine Lust, bis zum Sankt Nimmerlandstag bei dir zu bleiben."

„Mach dir deswegen keinen Kopf und du darfst nicht vergessen, wir haben beide etwas davon, immerhin spart jeder von uns die Hälfte der laufenden Kosten. Und wenn wir unsere Ruhe brauchen können wir uns ja auch aus dem Weg gehen. Wir haben doch beide unser eigenes Reich. Das Gästezimmer ist doch gemütlich und im Wohnzimmer kannst du ja fern sehen wann immer du möchtest, da ich ja einen weiteren Fernseher bei mir im Schlafzimmer habe. Also wo ist das Problem? Und meine Wohnung ist ja groß genug. Du kannst also so lange bei mir wohnen, wie du möchtest."

„Danke, ich wüsste nicht, wo ich hin sollte, wenn ich dich nicht hätte."

„Da ist etwas für dich angekommen, ein Brief ich habe ihn dir aufs Bett gelegt."

Rebecca zog die Augenbrauen hoch.

„Ein Brief von wem ist der denn?"

„Keine Ahnung, es stand weder ein Absender noch eine Anschrift auf dem Umschlag. Achso und steht dein Smartphone jetzt endlich auch mal wieder still? Kannst du wieder durchschalfen?"

„Ja ich habe seit langem mal wieder geschlafen ohne ständig von meinem Smartphone geweckt zu werden. Er hat mir seit unserer Aussprache auch nicht mehr geschrieben oder sonst was. Scheint so, als wenn er es endlich begriffen hat."

„Hey klasse wie wäre es wenn wir zur Feier, weil du deinen Ex los bist, so richtig einen drauf machen? Wir feiern, bis die Hähne krähen. Na hast du Lust?"

„Ich weiß nicht, ob man das Ende einer Beziehung ..."

„Ach komm schon, der Kerl war doch ein Arsch, so wie er dich behandelt hat."

„Okay wir machen am Wochenende einen drauf, als wenn wir erst zwanzig wären. Und Laura du bist ein verrücktes Huhn. Gack, gack, gack."; sagte Rebbeca wobei sie mit ihren Ellenbogen auf und ab fuhr, als würde sie mit den Flügeln schlagen.

Laura warf ihrer Freundin das Geschirrtuch entgegen und sagte; „Pass auf du, sonst wird dir dieses Huhn mal zeigen, dass es auch ganz schon hacken kann."; dann verfielen beide in Gelächter. Laura fiel ein Stein vom Herzen, es war schön, ihre Freundin seit der Trennung von Clemens mal wieder richtig lachen zu sehen. Rebbeca fing das Handtuch auf, reichte es ihrer Freundin und verließ die Küche. Laura deckte den Tisch, als sie einen Schrei hörte. Ohne anzuklopfen, stürmte sie in das Gästezimmer, blieb aber als sie die Tür aufriss wie angewurzelt stehen. Auf dem Boden lag ein handgeschriebener Zettel.

Ich schenke dir mein ganzes Herz, stand in krakeligen Buchstaben dort geschrieben. Clemens, schoss es Laura in den Kopf. Sie sah vom Zettel zu ihrer Freundin auf, die am ganzen Leib zitterte in der Hand noch immer den Umschlag haltend. Auf dem Boden lag ein Herz, war das ein menschliches Herz?

„Dieses verdammte Schwein. Warum kann dieses Arschloch dich nicht einfach in Ruhe lassen? Komm wir schalten die Polizei ein, woher weiß er überhaupt, dass du hier wohnst?" , fragte Laura, kam mit schnellen Schritten auf ihre Freundin zu und nahm sie in die Arme.

Rebecca schüttelte den Kopf.

„Ich habe keine Ahnung.", antwortete Rebecca, als plötzlich ihr Smartphone klingelte. Rebecca sah auf ihr Smartphone; unbekannter Anrufer stand auf dem Display. Als Rebecca abnahm, vernahm sie die Stimme ihres Exfreundes, der sagte: „Wie gefällt dir mein Geschenk, hat schon mal ein Mann dir sein Herz geschenkt? Du trägst dein Haar offen hast eine blaue Jeans mit Schlag an und dazu eine weiße Bluse. Warum trägst du den Ring nicht mehr, den ich dir zu unserer Verlobung geschenkt habe? Du weißt doch, bis dass der Tod uns scheidet."

„Clemens, hör … „," , weiter kam Rebecca nicht, denn das Gespräch wurde von ihrem Exfreund beendet.

Wie von der Tarantel gestochen, lief Rebecca zum Fenster und zog die Vorhänge zu.

Laura wollte ihre Freundin in den Arm nehmen, doch Rebecca schüttelte sie ab und sagte: „Verdammte scheiße er beobachtet uns."

„Was redest du da, er kann uns sehen?", fragte Laura.

„Clemens hat mich gerade angerufen, er hat uns durchs Fenster beobachtet, er wusste genau wo wir sind und was wir für Kleidung tragen."

„Bitte was?", fragte Laura, die nicht glauben konnte, was ihre Freundin ihr gerade mitgeteilt hatte.

„Dieser Mistkerl beobachtet uns ich weiß nicht wie lange schon, er weiß vielleicht schon genau wer hier ein und ausgeht.", sagte Rebecca, dann sank sie auf den Boden und weinte.

Laura trat auf ihre Freundin zu, nahm sie in die Arme und wischte ihr die Tränen von den Wangen, dann sagte sie: „Hey wir werden jetzt die Polizei informieren, die werden den Kerl schon schnappen und dann hat dieser Alptraum endlich ein Ende. Du wirst sehen, schon bald werden wir über die Situation nur noch lachen können. Bist du bereit der Polizei alles zu erzählen wie sich das ganze angespielt hat? Ich bin bei dir um dich zu unterstützen, aber durchstehen musst du das allein."

„Danke Laura, was würde ich nur ohne dich tun?", dann nahm sie ihre Freundin in die Arme.

„Keine Ursache dafür sind Freunde schließlich da oder?"

Zwei Beamte der Kripo trafen eine Stunde nach Rebeccas Anruf bei ihr ein.

Rebecca bat sie herein und zeigte ihnen den Umschlag mit dem darin befindlichen Inhalt. Einer der Beamten nahm Handschuhe und eine Plastiktüte, in welcher er die Dinge fein säuberlich verstaute. Der andere Beamte eine Frau laut ihrem Dienstausweis eine Frau Meyer wandte sich an die Frauen und sagte: „Okay meine Kollegin sichert die Beweise haben Sie beide zufällig Ihre Auweise da, damit ich Ihre Daten aufnehmen kann?"

Laura und Rebecca reichten der Dame ihre Personalausweise. Frau Meyer kritzelte etwas auf ihren Notizblock und sagte: „Sie heißen Laura Wunderlich sind 39 Jahre alt und wurden in Passau geboren? Und das hier ist Ihre Wohnung?"

„Ja das ist korrekt."

„Sie können das, was Ihrer Freundin zugestoßen ist als Zeugin bestätigen?", fragte Frau Meyer.

„Ja, Rebecca ist zu mir geflüchtet, nachdem ihr Exfreund sie geschlagen hatte. Wissen Sie, der Typ war schon immer rasend eifersüchtig und besitzergreifend. Sie hätten mal sehen sollen, wie der ausgerastet ist und das nur weil sich Rebecca mit einem anderen Kerl etwas unterhlten hatte. Ihr Ex ist krankhaft eifersüchtigt und muss dringend weggesperrt werden."

Frau Meyer sah von ihrem Block auf und fragte: „Und aufgrundessen hat Ihre Freundin die Beziehung beendet und ist zu Ihnen gezogen, wann war das ungefähr?"

„Das ist korrekt, sie hat die Beziehung beendet und ist erstmal bei mir eingezogen, aber dieses Schwein lässt sie nicht Ruhe. Vor zwei Wochen ist Rebecca zu mir gezogen, seitdem steht ihr Smartphone nicht mehr still. Ständig ruft ihr Ex an oder bombardiert sie mit SMS. Auf Whatts App hat sie ihn bereits blockiert."

„Ihre Freundin sollte sich vielleicht eine neue Nummer zulegen und woher weiß er, dass Frau Luchs vorerst hier wohnt? Sie wird ihm das ja kaum gesagt haben?"

„Ersten Ihr Exfreund ist zwar ein Arsch aber nicht blöd, er kennt mich und war damals schon ein paar Mal zusammen mit Rebecca bei mir. Er weiß wie nah Rebecca und ich uns stehen er hat einfach nur eins und eins zusammen gerechnet."

Frau Luchs griff zu ihrem Funkgerät und sagte: „Hier Arnold 32 für Leitstelle bitte melden."

„Hier Leitstelle Arnold was gibt es?"

„Überprüfen Sie bitte mal einen Fischer Clemens mit C wie Cäsar. Er ist 42 Jahre alt und arbeitet als Versicherungsvertreter bei der Ergo Versicherung hier in Dortmund, schaut mal nach, ob gegen den etwas vorliegt?"

Es dauert nicht lange, bis sich die Leitstelle wieder meldete.

„Leitstelle für Anorld, bitte kommen."

„Arnold hört."

„Fischer Clemens Anzeige wegen Körperverletzung und Stalking, verurteilt zu einem Anti - Agressionstraining und einer Geldbuße zu 30 Tagesätzen a 25 Euro. Das war vor zwei Monaten. Außerdem häusliche Gewalt und Sachbeschädigung erneut Geldstrafe 30 Tage a 25 Euro. Die Veruteilung sind jeweils am 31.01 diesen Jahres und am 25.02 diesen Jahres verhängt worden. Seine letzte bekannte Adresse ist die Straße am Altstädter Ring 25."

„Verstanden, danke, schickt ihr eine Streife zu der Adresse, danke und Ende." Mit diesen Worten hängte Frau Luchs ihr Funkgerät wieder an den Gürtel, wandte sich den beiden Frauen zu und sagte: „Hören Sie zu, ich sage Ihnen jetzt, was wir unternehmen werden. Eine Streife fährt zu Ihrem Exfreund und wird ihn auf die Wache bringen, wo wir ihn zu den Anschuldigungen vernehmen werden. Sie beide müssten auch noch mal auf die Dienststelle kommen, damit wir Ihre Aussagen zu Protokoll nehmen können. Wäre Ihnen morgen um 10.00 Uhr recht?"

Rebecca nickte.

„Was passiert denn jetzt mit Clemens wird der verhaftet?", fragte Laura.

„Hören Sie, wir werden Herrn Fischer aufs Präsidium bitten und zu den Vorwürfen befragen. Ob Herr Fischer jedoch verhaftet wird, das entscheidet die Staatsanwaltschaft oder der Haftrichter. Da bisher bis auf, dass er das Annäherungsverbot gebrochen hat, nichts weiter passiert ist, gehe ich nicht davon aus, dass Herr Fischer ins Gefängnis muss, wahrscheinlich wird man ihn noch einmal auf sein Annäherungsverbot hinweisen und ihn zu einer weiteren Geldstrafe verurteilen." , antwortete Frau Meyer.

„Das heißt also es passiert mal wieder gar nichts und ihr Ex kann ihr das Leben weiterhin zur Hölle machen, na vielen Dank auch." , sagte Laura.

„Was sollen wir Ihrer Meinung nach denn tun? Wir können noch nicht mal sagen, ob Herr Fischer wirklich hier gewesen ist, das alles ist bis jetzt nur ein Verdacht und im Strafrecht gilt der Grundsatz jeder ist unschuldig, bis seine Schuld zweifelsfrei bewiesen ist. Sollte noch irgendwas sein, können Sie mich unter dieser Nummer erreichen. Wir werden in nächster Zeit vermehrt an Ihrem Haus vorbeifahren, vielleicht gelingt es uns so den oder die Täter zu packen, aber mehr wie eine Ermahnung und einer eventuellen Geldstrafe wird der Täter nicht bekommen. Tut mir leid und Auf Wiedersehen,"

Laura brachte die Beamten zu Tür. Kurz nachdem die Beamten gegangen waren, klingelte Rebbecas Smartphone. Ihre Freundin schenkte ihr einen besorgten Blick und schüttelte den Kopf.

Als Rebbeca abnahm, meldete sich Clemens mit den Worten: „Was waren das den für Besucher vor Lauras Tür? Ich hoffe, Ihr hattet die Leute nicht wegen mir eingeladen,mein Engel. Tut mir wirklich leid, dass ich die Partie verpasst habe. War das ein Kostümball? Wie hat dir mein Geschenk gefallen, hat es dich erregt?", dann erklang ein irres Lachen, bei dem Rebbeca das Blut in den Adern gefror.

Kapitel 5

Ein Überfall

Laura und Rebecca hatten für heute einen kleinen Bummel durch die Innenstadt verabredet. Sie kamen an einer Vielzahl von Geschäften vorbei. In den Schaufenstern standen oder saßen Modepuppen, die hautenge Kleider, Jeans oder Blusen in den verschiedensten Kombinationen und Mustern trugen. Vor einer Boutique mit dem Namen Sunshine Fashion blieben die Frauen stehen und betrachteten einige Kleider und Hosen, die draußen vor dem Geschäft auf drehbaren Kleiderständern hingen. Laura nahm ein beesches Sommerkleid mit Blumenmuster vom Kleiderständer und betrachtete es eingehend.

„Und was hältst du von dem jetzt im Sommer am Stand oder am Tegeler See, wenn ich dabei so was trage.", fragte Laura.

Rebecca warf einen Blick auf das Preisschild, 89,99 €.

„Das Kleid sieht gut aus und ich glaube auch, dass es dir fantastisch stehen würde, aber hast du mal aufs Preisschild geschaut. Ich finde es ein wenig teuer."

„Ach du Miesetriene, ich will doch nur ein wenig schauen und jetzt gehen wir rein, ich will das Kleid anprobieren und du sagst mir, wie mir das steht."

Rebecca verdrehte spaßeshalber die Augen, während sie ihrer Freundin in die Boutique folgte. Sie ahnten nicht, dass sie die ganze Zeit von einem Mann in einem schwarzen Van bei ihrer Shoppingtour beobachtet wurden.

Laura steuerte auf eine der Kabinen zu, während Rebeccas Blick auf eine kurze Jeans fiel. Laura seufzte, als sie das Preisschild sah. 69,99 € für eine kurze Jeanshose, die nichts besonderes war.

„Hey alles okay bei dir? Wo bleibst du? Bekommst du etwa das Kleid nicht zu, weil du ein wenig zu viel auf den Hüften hast?", fragte Rebecca.

„Hey habe mal nicht so eine große Klappe, warte ersteinmal ab wenn wir für dich etwas finden, heißt falls wir etwas finden, bei deiner Figur."

Laura trat aus der Umkleide heraus, drehte sich einmal um die eigene Achse und fragte: „Und wie findest du es?"

„Hey, das Kleid steht dir wirklich gut und passt wie angegossen, nur deine Speckröllchen ..."

„Ey wo habe ich denn bitte Speckröllchen?"

Laura ging auf einen der Spiegel zu, um sich selbst von allen Seiten zu betrachten.

„Das Kleid gefällt mir, am Liebsten würde ich es jetzt sofort kaufen, aber leider ist es ein wenig zu teuer. Und Rebecca, was ist mit dir? Hast du etwas gefunden?", fragte Laura, ehe sie wieder in der Umkleidekabine verschwand.

Rebecca schob wahllos ein paar Kleider beiseite, nahm einige von den Stangen, um sie etwas eingehender zu betrachten, nur um sie anschließend wieder wegzuhängen. Obwohl sie den Tag mit ihrer besten Freundin genoss, musste sie dauernd an

Clemens denken. Dabei fiel ihr auf, dass ihr Smartphone heute noch gar nicht geklingelt hatte. Hatte dieser Mistkerl endlich kapiert, dass er keine Chance bei ihr hatte? Es wäre zu schön, um wahr zu sein. Hatte die Polizei ihn verhaftet oder ihn zumindest gewarnt, dass er bei der nächsten Kontaktaufnahme einfuhr? Dann hatte ihr Anruf bei der Polizei ja doch etwas bewirkt. Es war der erste Tag, seit sie sich von ihrem Freund getrennt hatte, dass er ihr keine Nachricht zukommen ließ. Nachdem sich Laura wieder angezogen hatte, sagte sie: „Rebecca jetzt suchen wir etwas für dich. Wie wäre es mit diesem Kostüm, damit werden dir die Männer garantiert zu Füßen liegen." , sagte Laura und nahm ein rotes Cocktailkleid vom Haken, welches einen recht weiten Ausschnitt hatte.

„Nee lass mal, ehrlich gesagt..." , sagte Rebecca, doch Laura schnitt ihr das Wort ab, indem sie sagte: „Nichts da lass mal, du hast dir dein Leben lang genug von diesem Arsch versauen lassen, wird Zeit, dass du wieder anfängst zu leben und jetzt probier es an. Los."

„Oh Gott darin sehe ich garantiert schrecklich aus."

„Keine Widerrede." , sagte Laura, wobei sie ihre Freundin Richtung Umkleide schob.

„Okay, du Nervensäge gibts doch sonst eh keine Ruhe."

Einige Minuten später trat Rebecca in dem roten Cocktailkleid nach draußen. Das Kleid saß so eng, dass man sämtliche Rundungen und Speckröllchen sehen konnte. Laura brach in schallendes Gelächter aus und sagte: „Oh mein Gott wie siehst du denn aus? So kannst du dich wohl auf die Straße trauen.", dann prustete sie vor Lachen.

„Wie so schrecklich?"

„Schau in den Spiegel."

Als sich Rebecca im Spiegel sah, musste sie selber lachen und sagte: „Oh mein Gott in dem Kleid sehe ich ja aus wie eine Fleischwurst." , ehe sie wieder in der Umkleide verschwand. Kurze Zeit später reichte Laura ihr ein schwarz-weißes Kostüm, welches sie gefunden hatte und sagte; „Probiere das mal an."

„Zu Befehl Mama."

Laura konnte sich bei den Worten ein Grinsen nicht verkneifen. Ein paar Minuten später trat sie aus der Umkleide.

Laura traute ihren Augen nicht, als sie ihre Freundin sah. War das wirklich ihre Freundin Rebecca oder verwechselte sie ihre Freundin mit einer anderen Person?

„Und wie findest du das?", fragte Rebecca.

„Hey das steht dir ausgezeichnet, das würde ich an deiner Stelle auf jeden Fall nehmen du Fleischwurst.", sagte Laura so laut, dass die Verkäuferin außer ihr und ihnen war niemand anderes im Laden, es hören musste. Rebecca schluckte und wäre fast mit hochroten Kopf aus dem Laden gestürmt.

Zum Glück kennt mich hier keiner, kam es ihr in den Sinn.

„Laura du bist unmöglich. Aber auch ich fühle mich wohl in

dem Kostüm. Weißt du was ich nehme das Kostüm, du alte Fleischwurst."

Laura lachte.

„Wie wäre es, wenn wir gleich noch einen Eisbecher essen gehen? Ich lade dich auch ein.", sagte Laura.

Rebecca stimmte zu. Keiner der beiden achtete auf den schwarzen Bulli, welcher auf der anderen Straßenseite stand und die Frauen, bereits seit sie das Haus verlassen hatten, verfolgte.

Die Frauen beobachteten das bunte Treiben in der Innenstadt. Ein Ehepaar ging in ein Geschäft, ein paar Jugendliche fuhren mit Inlineskates durch die Innenstadt. Rebecca beobachtete ein brüllendes Kind, welche unbedingt noch ein Eis haben wollte. Rebecca atmete noch einmal tief ein. Manche Leute verstanden es nicht ihre Kinder vernünftig zu erziehen. Sie selbst hätte es als Kind nie gewagt ein solches Theater abzuziehen, weder zuhause und erst recht nicht in der Öffentlichkeit. Die Kinder von heute waren ihrer Meinung nach viel zu verwöhnt und wurden von ihren Eltern viel zu verhätschelt, kein Wunder, dass die Jugendlichen kein Respekt mehr vor dem Alter hatten. Was sich manche Kinder und Jugendliche heute rausnahmen, darauf wären sie nicht mal im Traum gekommen. Ihre Eltern hätten ihnen dermaßen den Hintern versohlt, dass sie mit Sicherheit eine Woche lang nicht hätte sitzen können.

Menschen mit Einkaufstüten in den Händen liefen an ihnen

vorbei. Sie schaute in freundliche und zufriedene Gesichter und am Liebsten hätte sie vor Freude mitten in der Stadt getanzt. In den vergangenen Stunden war es ihr gelungen, ihren Exfreund und seine Psychospielchen komplett aus ihrem Kopf zu verbannen. Es war schön, wie hatte sie sich nur von Clemens Psychospielchen so dermaßen beeinflussen lassen? Es war ihr absolut unverständlich. Nie wieder schwor sich Rebecca, nie wieder würde sie sich von einem Mann dermaßen beeinflussen lassen und sich ihrer Angst hingeben. Der schwarze Bulli kam langsam näher.

„Wie wäre es, wenn wir ein Eis essen gehen? Ich hätte jetzt so richtig Lust auf einen großen Erdbeerbecher und du bist natürlich eingeladen.", sagte Laura.

„Nichts da, das kann ich unmöglich annehmen ich wohne immerhin schon bei dir."

„Keine Widerrede verstanden?"

„Ja Mama" , sagte Rebecca und rollte mit den Augen, als plötzlich ein schwarzer Bulli mit getönten Scheiben neben ihr hielt, sich die Seitentür öffnete und zwei maskierte Männer nach ihr griffen und sie in den Bulli zogen.

Rebecca wollte schreien, aber ihr wurde ein mit Chloroform getränktes Taschentuch auf Mund und Nase gedrückt. Sie versuchte, sich aufzurichten, aber mehrere Hände drückten sie erbarmungslos zu Boden, so dass es ihr nicht möglich war sich zu wehren. Wie viele Leute hatte sie gegen sich? Rebecca roch Aftershave und Eau de Toilette. Sie spannte ihre Muskeln an, doch breite sich eine anfangs, leichte Benommenheit ihn ihrem Kopf aus, die mit jeder Sekunde die verstrich, zunahm. Sie konnte nicht aufgeben, durfte nicht aufgeben, was hatten diese Kerle mit ihr vor? Hatte ihre Freundin die Polizei … , dann schwanden ihr die Sinne.

Kapitel 6

An einem unbekannten Ort

Schwärze und Dunkelheit, umgaben Rebecca, als sie die Augen aufschlug. Wo war sie? Was war geschehen? Der Geruch von Chloroform benebelte ihre Sinne. Ihre Augenlider fühlten sich an, als wären sie zwanzig Kilo schwer. Ihr Kopf fühlte sich von Ihnen jedoch ganz leicht an, wie in Watte gepackt? Was hatte das zu bedeuten? War das ein Traum? Wo war sie gewesen? Rebecca hatte keine Erinnerung an die letzten Stunden. Ihr Kopf schmerzte. Sie drehte den Kopf zur Seite, was von einem stechenden Schmerz begleitet wurde. Der Schmerz war so stark, dass Blitze vor ihren Augen aufflackerten und ihr für den Bruchteil einer Sekunde wieder schwarz vor Augen wurde. Als sie die Augen schloss, ließ das Flackern ein wenig nach und das Hämmern in ihrem Kopf beruhigte sich. Rebecca hatte Durst, ihr Mund war regelrecht ausgetrocknet und ihre Zunge schien an ihrem Gaumen festzukleben. Rebeca versuchte, sich aufzurichten, was von einem weiteren stechenden Schmerz in ihrem Kopf begleitet wurde. Sodass sie den Kopf wieder sinken ließ. Rebecca war schlecht. War da eine Wand, lag sie in einem Bett? Irgendwas war um ihren Hals gelegt oder bildete sie sich das alles nur ein? War das ein Traum? Sie hatte das Gefühl sich jede Sekunde übergeben zu müssen und drehte den Kopf zur Seite, wenig später schwanden ihr die Sinne erneut.

Als Rebecca die wieder Augen aufschlug, fühlte sie sich besser, noch immer leicht benommen rieb sie sich die Augen. Ihr doch ihre Kopfschmerzen hatten nachgelassen, sie nahm sie jetzt nur noch als einen leichten Druck in ihrem Schädel wahr. Sie sah eine Wand, in dem Raum war es dunkel, schemenhaft nahm sie die Umrisse einer weiteren Wand und eines Eimers wahr. Rebecca setzte sich auf, was noch immer von leichten Schmerzen in ihrem Schädel begleitet wurde, aber es war zu ertragen. Ihr war schlecht, plötzlich vernahm sie einen beißenden Schmerz in ihrem Unterbauch, die ihre Bauchdecke zu zerreißen drohten. Rebecca spürte, wie sich ihre letzte Mahlzeit einen Weg in ihre Kehle bahnte. Ein säuerlicher Geschmack legte sich auf ihre Zunge. Sie griff nach dem Eimer, aber es war zu spät, eine gelb – grünliche Masse halb verdauter Essenreste schoss aus ihrem Mund und landete auf dem Boden. Nachdem sie sich auf dem Boden übergeben hatte, ließen Schmerzen und Übelkeit ein wenig nach. Langsam begannen sich ihre Sinne zu klären und der Schleier aus Nebel, lichtete sich. Was war in den vergangenen Stunden geschen? Langsam kehrte ihr Erinnerungsvermögen zurück. Sie hatte mit einer Freundin einen Stadtbummel gemacht. Sie hatten sich dieses sündhaft teure Kleid und ein paar Schuhe angesehen und dann waren sie Eis essen gewesen. Und dann? Was war danach geschehen? Waren sie nach Hause gegangen? Waren sie überhaupt zuhause gewesen?

„Laura? Bist du hier irgendwo?" , fragte Rebecca. Sie erhielt keine Antwort. Ihre Bauch- und Kopfschmerzen ließen ein wenig nach, auch ihre Übelkeit schien sich zu verflüchtigen. Sodass sie sich langsam aufrichte und auf die Kante des Bettes setzte. Sofort setzte der Schwindel wieder ei. Rebecca griff nach dem Kopfende des Bettes und schloss die Augen, worauf ihre Kreislaufprobleme ein wenig nachließen. Mit noch wackelige Knien erhob sich Rebecca und taumelte zur Tür. Sie drückte die Klinke nach unten und versuchte, die Tür zu öffnen, aber sie war verschlossen. Was ging denn hier ab? Sie war eingesperrt, wer sollte so etwas tun? Rebecca versuchte erneut, die Tür zu öffnen, doch gab diese nicht einen Millimeter nach. Sie hämmerte dagegen, dann versuchte sie zu schreien, doch klang ihr rufen eher wie ein Krächzen.

„Hey ich bin hier drin, hört mich denn keiner? Bitte öffnet die Tür, hallo. Ist da draußen jemand?"

Doch auf ihr klopfen und rufen reagierte niemand. Erschöpft ließ sich Rebecca an der Tür hinabsinken. Was sollte dieser Scheiß, war das ein Scherz, kam gleich jemand von RTL oder so und sagte, wir haben sie reingelegt, hier ist unsere versteckte Kamera? Doch dieser Scherz war alles andere als witzig. Rebecca griff nach ihrem Halsband und versuchte, es zu öffnen, aber es gelang ihr nicht. Der Kragen bestand aus Metall, eine kleine Öse, an welchem man eine Leine befestigen konnte, befand sich daran. Na klasse, wer war denn auf die Idee gekommen, sie hatte noch nie auf BDSM gestanden. Bei dem Gedanken musste sie innerlich grinsen. War Laura hier in der Nähe, war sie auch entführt worden oder war sie den Tätern entkommen? Aber was wollte man von ihnen, sie hatten doch keine Fein – de. Langsam kehrten ihre Erinnerungen zurück.

Sie war mit ihrer Freundin shoppen gegangen, nachdem sie sich mit ihrem Ex getroffen hatte, um ihn klar zu machen, dass es zwischen ihnen aus und vorbei war. Die Erkenntnis traf sie wie ein Schlag in die Magengrube, Clemens, Cle - mens, hatte Clemens sie entführen lassen? Was hatte er vor, was bezweckte er damit? Glaubte er etwa, sie so zurück gewinnen zu können? Niemals würde sie zu ihm zurückkehren, eher würde sie sich einen Fuß oder die Hand abhacken lassen. Rebecca erhob sich, nahm Anlauf und warf mit ihrer linken Schulter voran gegen die Tür, doch gab diese nicht einen Millimeter nach. Sie nahm noch einen Anlauf und wieder krachte sie mit der linken Schulter gegen die Tür nur, um festzustellen, dass er ihr nicht gelang sie zu öffnen. Ihre Schulter schmerzte, aber sie hatte nicht vor aufzugeben. Erneut nahm sie Anlauf begleitet von einem lauten Scheppern, legte sie ihr ganzes Gewicht hinein, jedoch ohne Erfolg. Schweißperlen bildeten sich auf ihrer Stirn, als sie sich erschöpft dagegen lehnte. Rebecca erhob sich und streckte beide Arme aus und begann langsam die Wand entlangzulaufen die Wand, welche sie entlang lief, war etwa 3,50 Meter fünfzig lang. Anschließend begann sie die andere Wand entlang zu gehen, ihre Länge betrug knapp 2 Meter. Ihr Verlies war somit knapp 7 Quadratmeter groß. Es gab keine Fenster in diesem Raum, vielleicht sollte sie schreien. Plötzlich erhellte ein Licht den Raum, Rebecca wurde geblendet und schloss für eine Sekunde die Augen. An der Wand links von ihr war nun eine Zeitangabe zu sehen, eine Uhr die langsam rückwärts lief. Beobachtete ihr Exmann sie etwa? 23:55:58, 23:58, 57, 23:55, 56, 23:55, 55. Unter der Zeitangabe wurde ein

Grabstein an die Wand geworfen. Auf dem Grabstein stand 06.06.2024. Das war der Tag, an dem sie und Clemens zusammengekommen waren. Jedoch nicht 2024, sondern 2023. Alles in ihrem Innerem zog sich zusammen, hatte ihr Ex etwa vor sie zu .... Rebecca schluckte und brachte den Gedanken nicht zu Ende. Was sollte sie jetzt tun? Was konnte sie tun?

„Hallo Liebling wie ich sehe, bist du wach.", erklang eine Stimme aus einem Lautsprecher. „Clemens was soll diese verdammte Scheiße, lass mich raus dann reden wir noch einmal okay?" , fragte Rebecca.

„Reden, wir haben geredet. Ich habe einige Prüfungen für dich, he, he, du hast vierundzwanzig Stunden dich zu entscheiden. Entscheidest du dich dafür, mich zu heiraten, hören die Prüfungen auf, dann lass ich dich raus und wir fangen gemeinsam ein neues Leben an. Ansonsten wirst du in den nächsten 24 Stunden Prüfungen absolvieren, die dir unendliche Qualen und Ekel bereiten werden. Und du wirst mitspielen, denn wenn nicht ..."

Clemens lachte laut, bei diesem Lachen erschauderte Rebecca.

„Was wenn nicht?"

Der Kragen um ihrer Kehle verpasste ihr einen elektrischen Schlag, sodass Rebecca zu Boden sank. Ihre Augen traten aus den Höhlen hervor und Schweißperlen bildeten sich auf ihrer Stirn. Ihr Körper zuckte unkontrolliert hin und her. Als die elektrischen Impulse nachließen, keuchte Rebecca und rang nach Luft.

„Hast du noch irgendwelche Fragen?", fragte Clemens.

„Nein."

„Dann zieh dich aus und zwar ganz. Ja ich kann dich sehen. Aber bitte schön langsam ich will ja auch was zu gucken haben." , sagte Clemens und lachte.

Rebecca tat wie ihr befohlen, legte ihren Blazer ab und ließ ihn zu Boden gleiten. Dann knöpfte langsam ihre Bluse auf.

„Das machst du gut wirklich sehr gut mein Schatz, schön langsam du willst mich doch nicht noch einmal verärgern oder?"

„Nein Clemens, das möchte ich nicht."

Clemens hatte ganze Arbeit geleistet, er hatte den Raum verwanzt und eine versteckte Kamera installiert, dazu den Lautsprecher, damit er mit ihr kommunizieren konnte. Und dieses verdammte Halsband, welches er mit einer Fernbedienung steuern konnte. Was sollte sie tun? Fürs Erste blieb ihr nichts anderes übrig als sein Spiel mitzuspielen.

„Dreh dich mit dem Rücken zur Tür und dann lass die Bluse langsam zu Boden gleiten, ich will deinen schönen Rücken sehen."

Rebecca drehte sich um, ehe sie langsam die Bluse ihre Arme und ihren Rücken hinabgleiten ließ.

„Jetzt Schuhe und Strümpfe mein Schatz!"

Rebecca tat, wie ihr befohlen wurde.

„Du hast dich wirklich gut gehalten mein Schatz und jetzt öffne deine Jeans, aber nicht vergessen schön langsam.“

Rebecca öffnete den Reißverschluss ihrer Jeans, ehe sie die Hose langsam an ihren Beine hinabgleiten ließ.

„Sehr schön, das machst du wirklich gut, und jetzt dreh dich mit dem Rücken zu mir und öffne deine BH, aber noch nicht abstreifen hörst du?“

Rebecca nickte und tat wie ihr Ex befahl, während sie mit den Tränen kämpfte.

„Dreh dich um mein Schatz, du weißt, die Aufgabe einer Frau ist es, ihren Mann glücklich zu machen.“

Rebecca drehte sich um und schluckte.

„Weinst du mein Engel, aber warum weinst du denn? Oder sind das Tränen der Freude?“, fragte ihr Ex und lachte.

„Du darfst den BH jetzt abnehmen.“

Rebecca tat, was er verlangte.

„Und jetzt den Slip, den brauchst du hier nicht mein Engel.“

Rebecca tat, wie ihr befohlen wurde,

„Jetzt die Beine spreizen und die Händen hinter dem Nacken verschränken, ich möchte ein wenig was zu sehen bekommen!“

Rebecca verschränkte die Hände im Nacken, dann stellte sie sich breitbeinig hin.

„Sehr schön mein Engel du hast dich wirklich gut gehalten. Jetzt dreh dich um!"

Rebbeca tat, was ihr Ex verlangte, dabei konnte sie seine Blicke geradezu auf ihrer Haut spüren. Sie schienen sich durch ihre Haut hindurch bis in die Tiefen ihrer Seele zu brennen. Rebecca maß mit den Augen die Entfernung zur Tür. Was war mit seinem Komplizen, er hatte zwei Mann gebraucht, um sie zu überwältigen, bestimmt stand einer draußen Wache und was dann? Das Spiel war riskant und mit zwei Männern könnte sie es unmöglich aufnehmen.

„Sehr gut und jetzt die Frage bist du bereit zu mir zurückzukommen, dann ist das Spiel sofort vorbei mein Schatz."

„Glaubst du wirklich, dass ich zu dir zurückkomme? Eher lasse ich mir die Hand abhacken."

„Denk gut darüber nach, du hast noch 23 Stunden und 30 Minuten. Und noch etwas wenn ich den Raum betrete, wirst auf die Knie gehen, wie es sich für eine gute Frau gehört hast du verstanden?" ‚fragte Clemens und lachte. Dann deutete er auf die Uhr an der Wand, wobei ein irres Lachen aus seiner Kehle kam, bei dem Rebecca das Blut in den Adern gefror. Als sie nicht gleich antwortete, erhielt sie einen elektrischen Schlag. Schweiß tropfte ihr von der Stirn und die Augen traten aus ihren Höhlen hervor. Clemens lachte laut. Als ihr Exmann den Knopf wieder losließ, sagte er:„Hast du noch irgendwelche Fragen mein Engel?"

„Nein Clemens keine Fragen."; antwortete sie und sank vor

ihm auf die Knie, wobei ihr Tränen in die Augen stiegen.

Clemens lachte, nahm ihre Sachen und verließ den Raum. Rebecca erschauderte, als die Tür zu ihrem Verlies ins Schloss fiel.

Kapitel 7

Auf dem Präsidium

Laura hatte in der vergangenen Nacht kein Auge zugemacht, die Polizei hatte am Tatort Reifenabdrücke gefunden und mehrere Zeugen befragt, aber keine heiße Spur die zum Täter führte. Der Kommissar hatte ihr versprochen, dass er sie informieren würde, sobald sich etwas Neues ergab. Eine Einheit hatten sie, (das hatte Laura am Tatort mitbekommen) zu ihrem Ex geschickt, doch hatten die Beamten keine Hinweise auf Rebeccas Aufenthaltsort gefunden. Dieser Mistkerl hatte den Beamten sogar ein glaubhaftes Alibi präsentiert. In den Augen der Polizisten war es glaubhaft, aber nicht in den Augen von Laura. Dieser Mistkerl schaffte es doch immer wieder, sich aus der Affäre zu ziehen. Hoffentlich ließ sich Rebecca nicht von diesem Arsch einwickeln? Denn er besaß und das musste sie ihm lassen einen gewissen Charme. Das rote Backsteingebäude mit den sechseckigen Fensterrahmen tauchte vor Laura auf. Efeu rankte an verschiedenen Stellen die Mauer hoch. Umgeben von Bäumen und Sträuchern verschafften sie dem Gebäude einen angenehmen Kontrast. Lauras Herz klopfte, es war das erste Mal, dass sie eine Polizeidienststelle aufsuchen musste. Hoffentlich gelang es der Polizei, diesen Mistkerl zu finden. Dicke Ringe lagen um ihre Augen, sie hatte in der vergangenen Nacht kein Auge zugemacht. Als Laura die Wache betrat, wurde sie von einer jungen Dame in Empfang genommen, die sagte: „Guten Tag was kann ich für Sie tun?"

„Mein Name ist Laura Wunderlich, ich sollte hier um 10:00 Uhr vorbeikommen, um eine Aussage zu machen.", antwortete Laura.

„Kann ich bitte einmal Ihren Personalausweis sehen?", antwortete die Dame am Empfangsschalter.

Laura kramte in ihrer Handtasche herum, holte ihre Geldbörse heraus. Anschließend reichte sie der Dame am Empfang ihren Personalausweis, woraufhin die Empfangsdame kurz auf ihrer Tastatur herumtippte und sagte: „Ja richtig, gehen Sie durch die Tür rechts von ihnen und dann in den zweiten Stock, Zimmer 235."

Laura nahm ihren Ausweis entgegen und trat in den Flur. Das Treppenhaus war in Grau gehalten, verdrahtete Fenster und dunkelblau gestrichene Treppengeländer, ließen den Flur wenig einladend wirken. Der Flur glich dem Eingangsbereich wie ein Ei dem anderen. Mehre Sitzgelegenheiten, die nicht gerade bequem aussahen, standen an der Wand. Laura lief an Türen vorbei, neben den Türen waren kleine Schilder Nummern angebracht 231, 232, neben den Nummern standen die Namen der Polizisten, welche in diesem Büro tätig waren. Dann erblickte Laura die Tür mit dem Schild 235. Herr Baumann, stand auf dem Schild neben der Tür. Kleine Schweißperlen bildeten sich auf ihrer Stirn, als sie auf die Tür zuging. Das Herz in ihrer Brust pochte. Was war, wenn sie ihr etwas anhängen wollten? Vielleicht hätte sie besser vorher mit einem Anwalt sprechen sollen? In Fernsehkrimis sah man doch immer ...?

Laura schob den Gedanken beiseite, atmete einmal tief durch. Ihre Hände waren schweißnass, doch nahm sie all ihren Mut zusammen, ehe sie an die Tür klopfte.

„Herein.", vernahm Laura eine Stimme von der anderen Seite. Laura drückte die Türklinke langsam nach unten und trat ein. Mit klopfendem Herzen betrat Laura das Büro.

„Entschuldigen Sie bitte ich habe bei Ihnen einen Termin heute, weil ich Zeugin einer Straftat gewesen bin." , sagte Laura.

Ein älterer Herr mit Halbglatze und einer Lesebrille auf der Nase saß an seinem Schreibtisch und tippte etwas in den PC. Die Augen auf eine Akte gerichtet. Neben der Tastatur stand eine dampfende Kaffeetasse.

Der Mann sah von seiner Akte auf, Laura fand, dass dieser Herr so gar nicht in ein Polizeirevier passte.

„Guten Tag Frau ...?"

„Wunderlich wir haben jetzt einen Termin."

Der Herr warf einen Blick in den Kalender, welcher auf seinem Schreibtisch stand und antwortete: „Guten Morgen, haben Sie Ihren Personalausweis dabei?"

Laura zog ihren Personalausweis hervor und reichte ihn dem Beamten, welcher den Ausweis wortlos entgegennahm, einen Blick darauf warf und etwas in seinen PC tippte.

„Nehmen Sie ruhig Platz Frau Wunderlich. Bevor wir mit der Vernehmung als Zeugin beginnen eine Sache. Sie sind verpflichtet auszusagen, es denn Sie sind mit dem Täter oder dem Opfer verwandt, dann haben Sie ein Zeugnisverweigerungsrecht. Desweiteren dürfen Sie die Aussage verweigern, wenn Sie sich mit Ihrer Aussage selbst belasten oder einer Straftat bezichtigen würden. Haben Sie verstanden?", fragte der Kriminalbeamte, wobei er ihr den Ausweis reichte. Laura nickte.

„Was haben Sie denn genau beobachtet Frau Wunderlich, was können Sie mir zum Tathergang erzählen?"

Laura räusperte sich, ehe sie antwortete: „Meine Freundin Rebecca Luchs hat sich vor einigen Wochen von Ihrem Exfreund getrennt, weil er sie geschlagen hat. Das war vor sechs Wochen, seitdem belästigt er meine Freundin mit Anrufen, Watts App Nachrichten, Geschenken usw. Meine Freundin hat deswegen auch schon mal die Polizei gerufen." Der Kommissar rief die Ermittlungsakte auf und sagte: „Ja das war vor drei Tagen, da waren meine Kollegen bei Ihnen zuhause, weil Herr Fischer Ihrer Freundin nachstellt."

„Korrekt."

„Hat Ihre Freundin schon eine Einstweilige Verfügung gegen Ihren Ex erwirkt, oder war sie desewegen schon bei einem Anwalt, oder hat Sie Anzeige erstattet?"

„Nein, aber meine Freundin hatte vor in den nächsten Tagen einen Anwalt aufzusuchen und gegen Ihren Ex eine einstweilige Verfügung zu erwirken."

Das Klackern der Tastatur, als der Beamte Lauras Angaben in

den PC eingab, fand Laura beruhigend. Der Beamte nahm einen Schluck Kaffee aus seiner Tasse, dann fragte er:„Was haben Sie zum Tathergang zu sagen?"

„Also Rebecca und ich wollten einen Stadtbummel machen. Wir waren in der Boutique Sunshine Fashion und haben uns dort ein paar Kleidungsstücke angeschaut, als wir aus der Boutique kamen, hielt plötzlich ein schwarzer Bulli neben uns, aus dem kamen mehrere maskierte Männer, die sich meine Freundin schnappten und davon gefahren sind. Ich sage Ihnen dahinter steckt ihr Exfreund Clemens Fischer, der stalkt meine Freundin nämlich bereits seit einiger Zeit. Dewegen wollte meine Rebecca auch zum Anwalt und eine einstweilige Verfügung gegen ihn erwirken."

Der Kommissar sah von seinem Bildschirm auf und nahm einen weiteren Schluck Kaffe, dann fragte er: „Wie sah dieses Stalking denn aus?"

„Ständige Anrufe und Watts App Nachrichten, mit ich Liebe dich, es tut mir leid, komm zu mir zurück und so einem Kram. Einmal, das müssen Sie sich mal vorstellen hat Rebeccas Ex ihr sogar einen Brief geschickt mit einem Schweineherz darin und der Nachricht, ich schenke dir mein ganzes Herz. Ziehen Sie sich das mal rein, der Kerl ist doch geisteskrank."

Der Beamte schaute von seinem Bildschirm auf, dann fragte er: „Hatte ihre Freundin damals bereits die Polizei informiert."

„Natürlich haben wir die Polizei informiert, aber ihr werdet ja immer erst tätig, wenn etwas wirklich schlimmes passiert.

Vorher unternehmt ihr ja nichts."

Der Beamte tat so, als hätte er Lauras Vorwurf nicht gehört, dann sagte er: „Was hatte Ihre Freundin an als sie entführt worden ist?"

„Meine Freundin hat langes schwarzes Haar und blaue Augen. Schlank und ungefähr 1,60 Meter oder 1,65 Meter groß. Sie hat braune Augen. An dem Tag trug sie eine weiße Bluse mit roten und violetten Blumen drauf, dazu eine blaue Jeans und ein paar beesche Schuhe ohne Absätze. Meine Freundin hat langes schwarzes Haar, welches sie in der Regel so auch an diesem Tag offen trägt. Außerdem hatte sie ihre Handtasche so eine schwarze Henkeltasche dabei. Ich glaube die Marke war Tiastapp. Komplett schwarz mit magnetischen Verschluss. Darin bewahrt Sie in aller Regel auch ihr Smartphone, ihre Geldbörse und alles andere auf."

„Was können Sie uns über die Männer sagen, welche Ihre Freundin entführt haben?"

„Es waren drei, zwei von denen haben meine Freundin gepackt und in den Bulli gezerrt. Und einer hat den Bulli gefahren."

„Wie haben die Männer ausgesehen?"

„Sie waren alle komplett in schwarz gekleidet, Einheitlook, schwarze Rollkragenpullover, schwarze Jeans, schwarze Skimaske und Lederhandschuhe ebenfalls in schwarz. Sie waren schlank und groß und sie schienen sehr sportlich zu sein. Sie machten einen ziemlich drahtigen Eindruck auf mich."

„Was ist mit dem Fahrer des Bullis haben Sie den gesehen?"

„Nein tut mir leid darauf habe ich nicht geachtet."

„Stand irgendwas auf dem Bulli, ein Firmenname, vielleicht ein Werbeslogan, ein Aufkleber oder so. Irgendwas auffälliges?"

„Nein, nichts auffälliges, ein ganz normaler Sprinter."

„Konnten Sie sich das Kennzeichen merken?"

„B Trennung SA, 45 ... mehr weiß ich jetzt auch nicht."

Der Beamte sah von seinem Bildschirm auf und fragte: „Haben Sie sonst noch etwas beobachtet? Haben Sie vielleicht bei einem der Männer eine Tätowierung gesehen oder hat einer vielleicht mit Akzent gesprochen? Ist Ihnen irgendwas aufgefallen?"

„Tut mir leid die Kerle waren komplett vermummt und haben nichts gesagt,als sie meine Freundin in den Bulli zogen. Aber der Ex meiner Freundin steckt mit Sicherheit dahinter, wenn Sie den finden, finden Sie auch meine Freundin."

„Seien Sie sich sicher, wir werden alles tun um Ihre Freundin zu finden und wir werden auch ihren Exfreund besuchen. Sollte er was mit der Entführung zu tun haben, werden wir es herausfinden."
„Hat Ihre Freundin Vermgöen ist Sie vielleicht reich, oder hat Sie reiche Angehörige?"

„Nein, ihre Eltern sind schon vor ein paar Jahren verstorben und soweit ich weiß, hat sie keine weiteren Angehörigen. Wohlhabend ist meine Freundin nicht. Sie kellnert im Restaurant Alt – Spandau, Sie wissen schon, das Lokal in der Moritzstraße.“

„Wir wissen wo das Lokal ist, okay haben Sie vielen Dank, ich gebe Ihnen meine Karte, falls Ihnen noch irgendetwas einfällt können Sie mich unter dieser Nummer erreichen. Auf jeden Fall werde ich jetzt gleich noch mal zwei Kollegen zu diesem Herrn Fischer schicken und eine Fahndung nach dem Bulli rausgeben, damit die Kollegen danach Ausschau halten. Vielleicht haben wir ja Glück, mehr kann ich im Moment nicht tun. Machen Sie sich keine Sorgen wir werden Ihre Freundin finden.“

Kapitel 8

Das Spiel beginnt

Mit angezogenen Knien die Arme um die Beine geschlungen, haderte Rebecca der Dinge, die sie erwarteten. Wie ein kleines verschüchtertes Kind wiegte Rebecca sich hin und her, hin und her. Ihr Blick war nahezu ausdruckslos. Was hatte Clemens mit ihr vor? Die Uhr an der Wand zeigte 20 Stunden und 30 Minuten an. Geschehen war, bis auf das sie sich hatte ausziehen müssen nichts. Rebecca hatte Durst, aber in ihrem Verlies gab es kein fließend Wasser. Beobachtete ihr Exfreund sie? Was meinte er überhaupt mit Prüfungen? Wollte er ihr nur angst machen? War er wirklich überzeugt, dass sie aus Angst vor ihm oder seiner Drohungen zu ihm zurückkehrte? Ihre Freundin war garantiert schon bei der Polizei gewesen und die würden sie finden. Bestimmt würden sie ihrem Ex einen Besuch abstatten und dann würden sie ihn vernehmen und er würde ... Rebecca schluckte, was war, wenn er schwieg? Niemand außer ihrem Ex wusste, wo sie war. Was wenn er nicht auspackte und niemand sie fand?

Dann werde ich in diesem Drecksloch verrecken, kam es ihr in den Sinn. Angeklagte hatten das Recht, die Aussage zu verweigern. Rebecca erhob sich, sie musste noch einmal den Raum absuchen ganz genau nachschauen, vielleicht lag etwas auf dem Boden, ein Stück Draht, oder ein Stein, mit dem sie Clemens den Schädel einschlagen könnte. Ihr Blick fiel auf den Toiletteneimer. Doch der Eimer bestand aus Plastik, damit würde sie kaum Schaden bei ihrem Ex anrichten können. Rebeccas Blick fiel auf die Uhr 20 Stunden 59 Minuten und 30 Sekunden. Bis dahin musste man sie finden oder sie war tot. Zu ihrem Ex und sich wie ein Stück Dreck behandeln lassen und das nur, um zu leben? Konnte sie das Leben mit Clemens wirklich als Leben bezeichnen? Dieser Mistkerl hatte sie geschlagen und das nur, weil sie mit einem anderen Mann ein wenig geflirtet hatte. Clemens war davon überzeugt, dass er sie besitzen könne und dass er ein Anrecht auf sie habe. *Vielleicht begeht er einen Fehler, einen Fehler, den ich zur Flucht nutzen kann,* kam es ihr in den Sinn.

Warum hatte sie immer Pech mit Männern? Schon ihr erster Freund auf der Schule war ein ziemlich arrogantes Arschloch gewesen. Zwar hatte Theo sie anfangs auf Händen getragen, doch in Wahrheit hatte er hinter ihrem Rücken mehrere Frauen gleichzeitig gehabt. Sie schien echt ein Talent dafür zu haben, sich immer die größten Arschlöcher zu angeln. Na, welches Arschloch möchte mich heute glücklich machen? Daraus könnte man eine Quizshow machen. Arschloch für Rebecca gesucht, bei dem Gedanken musste sie lachen. Wenigstes hatte sie trotz der Umstände ihren Humor nicht verloren. Nervös kaute Rebecca auf ihrer Unterlippe herum, was hatte ihr Ex mit Spiel gemeint und was sollten das für Aufgaben sein, welche sie lösen musste? Wollte er ihr nur Angst einjagen? War das nur ein Bluff, damit sie zu ihm zurückkam? Dein Ex blufft nicht, sie kannte Clemens trotzt der kurzen Zeit, welche sie zusammen gewesen waren gut genug um zu wissen, dass er nicht bluffte. Clemens zog es vor seinen Versprechen, Taten folgen zu lassen. Leere Drohungen, das war nicht sein Stil.

Du hast noch 24 Stunden, nein nicht 24 Stunden korrigierte sie sich 20 Stunden und 45 Minuten. Die Zeit verging so langsam, dass es wehtat. Die Sekunden wurden zu Minuten, die Minuten zu Stunden, und die Stunden zu Tagen. Steckte sie wirklich erst seit drei Stunden und 15 Minuten in diesem Loch? Ihr selbst kam es viel länger vor. Vielleicht drei Tage oder eine Woche? So genau wusste sie es nicht. Wie spät war es? War es Tag oder mitten in der Nacht? Ihr Magen knurrte, wann hatte sie das Letzte mal etwas gegessen? Hatte Clemens vor sie mit Hunger zu quälen, um sie zu brechen? Sie würde sich nicht brechen lassen. Wenn sterben ihr Schicksal war, dann würde sie es akzeptieren, alles war besser, als weiter wie ein Stück Dreck behandelt zu werden. Rebecca lauschte, sie vernahm Schritte, war das Clemens? Ihr Herzschlag beschleunigte sich. Musste sie die erste Prüfung absolvieren? Prüfung, fast wie in der Schule. Was waren das für Tests, denen sie sich stellen sollte? Ihr Ex wusste, dass sie Prüfungen hasste, schon in der Schule hatte sie es gehasst, wenn Klausuren auf dem Programm standen und daran hatte sich im Laufe ihres Lebens nichts geändert. Was war mit ihrer Freundin Laura? Sie war Zeugin der Entführung geworden. Wollte Clemens sie etwa laufen lassen? Was hatte ihre Freundin schon gesehen? Ein paar maskierte Männer und einen schwarzen Bulli. Ihre Freundin würde sich in der Situation kaum das Kennzeichen gemerkt haben. Aber vielleicht ja doch unmöglich war nichts und mit etwas Glück fand die Polizei den Bulli und damit auch die Leute, die sie entführt hatten. Und wenn die auspackten, wäre ihr Exfreund erledigt. Bei dem Gedanken musste sie grinsen. Aber sie mussten sich beeilen, denn ihnen lief die Zeit davon. Rebecca warf einen Blick auf die Wand. Der Timer zeigte 20 Stunden an. Rebecca fror. Sie schlang die Arme um ihren Oberkörper und rieb sich die Hände an ihren Oberarmen. Die Schritte kamen näher. Rebecca schlug das Herz bis zum Halse.

Du wirst eine Reihe von Prüfungen absolvieren, hallte die Stimme ihres Ex in ihrem Kopf wieder. Sie vernahm das Klimpern eines Schlüssels und schluckte, ging aber, wie man es ihr beigebracht hatte auf die Knie, den Blick zu Boden gerichtet.

Ihr Ex betrat den Raum, auch wenn sie ihn nicht sah, konnte sie ihn bereits an seinen Schritten erkennen.

„Sehr gut, du lernst schnell mein Liebling. Und bist du bereit zu mir zurück zukommen? Dir bleiben noch gut 20 Stunden."

„Lieber würde ich mich mit HIV infizieren und daran verrecken, als zu dir zurück zukehren."

„Überlege es dir. Hier ist eine kleine Erfrischung für dich."

Mit diesen Worten schob ihr Ex ihr einen stählernen Napf zu, in welchem eine gelbe streng riechende Flüssigkeit befand. Rebecca schluckte und verzog angewidert das Gesicht. War das etwas Urin? Tote Maden schwammen auf der Oberfläche der Flüssigkeit herum. Wollte er wirklich, dass sie das, trank?

Alles in ihr zog sich zusammen. Rebecca hatte Durst aber ihr Durst war nicht so groß, dass sie jetzt schon bereit wäre.

„Trink!" ,sagte Clemens und lächelte.

Rebecca schüttelte langsam den Kopf.

„Ist in Ordnung, vorrausgesetzt du kommst zu mir zurück mein Engel."

„In deinen Träumen, eher lasse ich mir die Hand abhacken.", sagte Rebecca, wobei sie Clemens einen eiskalten Blick zuwarf.

„Dann wünsche ich guten Appetitt."

Rebecca schüttelte den Kopf, woraufhin sie einen elektrischen Schlag erhielt. Rebecca wand sich auf den Boden hin und her. Ihre Augen quollen aus den Höhlen hervor. Ihre Muskeln zuckte und der Geruch von verbranntem Fleisch erfüllte die Luft. Speichel floss ihr aus dem Mund und Rebecca war sich sicher, dass dies ihr Ende war. Das würde sie nicht überleben. Dann hörten die Stromstöße auf. Rebecca keuchte und rang nach Luft, ihr Hals schmerzte ihre Arme und Beine fühlten sich an wie Wackelpudding.

„Hast du noch etwas zu sagen mein Liebling?"; fragte Clemens mit einem Grinsen auf den Lippen.

„Fahr zu Hölle." , sagte sie, dann öffnete sie ihren Mund und beugte sich über die Schüssel. Ein salziger Geschmack legte sich auf ihre Zunge, als sie den ersten Schluck Urin in sich aufnahm.

„Schön, alles auftrinken, das ist doch lecker nicht wahr? Und eines verspreche ich dir, du wirst dich noch von mir ficken lassen", sagte ihr Ex und lachte.

Rebecca schloss die Augen, der Geruch von Urin stieg ihr in die Nase, als sie begann die Flüssigkeit wie ein Straßenköter aufzuschlecken. Alles in ihr zog sich zusammen. Rebecca würgte und schloss die Augen. *Stell dir einfach vor, es handle sich um Orangensaft*, versuchte, sie sich einzureden. Am Liebsten hätte sie ihrem Peiniger die Flüssigkeit direkt ins Gesicht gespuckt. Doch wagte sie es nicht, sie wollte sich gar nicht erst ausmalen, was dieses Schwein ihr antat, wenn sie es wagte sich, gegen ihn aufzulehnen. Der Gedanke, dass es sich dabei um Orangensaft handelte, half ihr die Schlüssel zu leeren, auch wenn sie sich innerlich bei der Aufnahme der Flüssigkeit schüttelte.

„Sehr schön mein Engel, das hast du wirklich gut gemacht.", sagte Clemens und trat ein paar Schritte auf sie zu. Rebecca wollte zurückweichen, doch als sie die Fernbedienung in seiner Hand sah, blieb sie wie ein braves Hündchen an Ort und Stelle knien. Seine Finger berührten ihr Haar und ihre Wangen. Rebecca fuhr bei seinen Berührungen leicht zusammen.

„Ganz ruhig mein Engel, sobald du dir darüber im Klaren geworden bist, dass wir beide zusammen gehören, werden wie von hier verschwinden. Ich verkaufe das Haus und wir sind weg. Wie wäre es mit den Bahamas oder nach Malle? Würde dir das gefallen?"

Hatte sie ihren Ex gerade richtig verstanden? Erst belästigte er sie. Dann entführte und demütigte er sie und jetzt glaubte er, dass sie mit ihm durchbrannte? War das wirklich sein Ernst?

Doch das brachte sie auf eine Idee. Rebecca sah Clemens mit großen Augen an und sagte: „Nichts würde ich lieber tun mein Schatz, aber vorher brauche ich Klamotten, außerdem glaube ich, dass mein Impfschutz nicht mehr aktuell ist. Mein Schatz wenn du möchtest könnten wir wenn hier alles geregelt ist, auf den Bahamas oder in der Karibik einen Neuanfang wagen. Na wie findest du das? Aber ich muss beim Einkaufen dabei sein. Immerhin muss ich die Sachen ja auch anprobieren.“

„Das brauchst du nicht mein Engel, ich besorge dir alles was du brauchst, ich bin gleich wieder da.“

Rebecca lächelte, kam auf ihn zu und ergriff seine Hand. Dann gab sie ihm einen Kuss auf die Lippen und sagte: „Jede Sekunde die du nicht in meiner Nähe bist, kommt mir wie eine Ewigkeit vor, bitte mein Schatz, ich habe erkannt, dass wir beide zusammen gehören. Nur du und ich. Wenn wir einkaufen gewesen sind machen wir es uns hier unten richtig gemütlich, na was hältst du davon? Außerdem hat es den Vorteil, dass du nicht zweimal hin und her fahren musst"; dabei spielten ihren Finger vorsichtig mit ihren Brustwarzen.

Clemens fuhr sich mit den Händen durchs Haar und lief unruhig wie ein Tiger im Käfig auf und ab.

„Du kannst mich auch gerne an die Hand nehmen, dann laufen wir eben Händchen haltend durch die Stadt, ich habe und das weißt du, nicht die körperliche Kraft, um mich von dir loszureißen. Bitte mein Schatz ich möchte mal etwas anderes sehen, als diese Wände und Mauern. Kannst du das denn nicht verstehen?"

Clemens Hände öffneten und schlossen sich. Dann verließ er den Raum, ohne sich noch einmal umzudrehen. Einige Minuten später, welche Rebecca aber wie eine Ewigkeit vorkamen, kam ihr Ex erneut herein und sagte: „Wir machen einen kleinen Spaziergang draußen, hier vor dem Haus. Eine halbe Stunde, das Halsband bleibt dran und wenn du dich benimmst und nicht versuchst jemanden um Hilfe zu bitten, dann kann es sein, dass ich die Sicherheitsvorkehrungen ein wenig lockere na wie findest du das mein Engel?"

Rebecca nahm ihren Ex in den Arm und gab ihm einen Kuss auf die Wange, bei dem sich alles in ihr zusammen zog. Sie musste aufpassen. Sie spielte ein gefährliches Spiel. Clemens würde sie nicht aus den Augen und erst recht nicht von der Hand lassen. Aber vielleicht war es ihr möglich unbemerkt irgendwo einen Hilferuf zu platzieren.

Als ob Clemens ihre Gedanken gelesen hatte, sagte er: „Solltest du versuchen zu fliehen oder jemanden um Hilfe bitten, ein Anruf von mir und deine Freundin Laura bekommt unangenehmen Besuch hast verstanden?", fragte Clemens.

Rebecca nickte und schluckte, nein sie würde keinen Fluchtversuch riskieren.

Rebecca zog prüfend die Luft ein, als sie mit Clemens nach draußen trat. Sie sah Häuser und eine Tankstelle, den alten Spandauer Wasserturm und eine Bäckerei mit dem Namen Thobens Backwaren. Neben der Bäckerei waren die Geschäftsräume der Hanser Merkur. Rebecca prägte sich jedes noch so kleine Detail ein. Rechts am Ende einer Kreuzung sah sie eine Brücke und weitere Wohnungen, mit einer hellgrünen Fassade. Ein Reklameschild mit der Aufschrift Auto Herrmann befand sich gegenüber der Wohnungen auf der anderen Straßenseite an einer Unterführung. Hinter der Unterführung stand ein Baukran. Eine Straßenseite der Unterführung war für den Gegenverkehr gesperrt. Rebbeca sog die Bilder wie ein ausgetrockneter Schwamm auf, jedes noch so kleine Detail könnte wichtig für ihre Rettung sein. Rechts von ihr stand eine weitere Brücke, welche mit grauen Schallschutzwänden versehen war. Rebecca sah weiße und gelbe Häuser und eine Litfaßsäule auf welcher Werbung für eine Anti - Aging - Creme gemacht wurde. Direkt neben der Brücke entdeckte sie ein schmales grünes Tor, auf welchem sie das Wort Bianco las. Rebecca hörte den Zug, das alles speicherte sie in ihrem Kopf. Wenn sie aus seinen Fängen entkommen wollte, dann konnte jedes Detail entscheidend sein.

„Wie wäre, wenn wir uns in die Bäckerei setzen und gemeinsam einen Kaffee und ein Stück Kuchen essen? Bitte mein Schatz, ich habe wirkich Lust auf ein Stück Apfekuchen", fragte Rebecca, wobei sie versuchte weitere Einzelheiten, ihrer Umgebung wahrzunehmen. Neben der Bäckerei stand ein Hotel mit dem Namen Am Wasserturm. Gegenüber von Thoben erblickte sie einen blauen Baucontainer und mehrere Schutthügel aus Sand und Kies. Dann fiel ihr Blick auf das Straßenschild am Spandauer Wasserturm.

Gab es nicht sogar so etwas wie ein internationales Handzeichen, mit welchem man Passanten auf sich aufmerksam machen konnte? Wie war diese Handzeichen? Rebecca meinte so etwas Mal in einer Crimedoku gesehen zu haben. Wie ging das noch? Verdammt, warum hatte sie damals nicht besser aufgepasst? Rebecca kaute nervös auf ihrer Unterlippe herum, versuchte, sich daran zu erinnern, wie dieses Handzeichen ging, aber es wollte ihr nicht einfallen.

Kapitel 9

In der Öffentlichkeit

Rebecca schloss die Augen und sog die Luft ein wie ein Fisch der zu lange, auf den Trockenem gelegen hatte. Sie trug das verdammte Elektroschockhalsband um ihren Hals und Clemens hielt ihre linke Hand eisern fest, während sie gemächlich in der Spandauer Altstadt spazieren gingen. Heute war Markt, überall standen Händler mit ihren Ständen und boten frisches Obst, gekühlte Getränke, Brot, Fisch und Fleisch an. Der Geruch von gebratenem Fisch stieg Rebecca in die Nase und sie sagte: „Hey Liebling, wie wäre es, wenn du uns einen Backfisch holst, am besten mit Knoblauchsoße, dann setzen wir uns gemeinsam an den Tisch und quatschen mal in Ruhe über alles. Wir müssen dringend miteinander reden und das an einem neutralen Ort findest du nicht? Falls du kein Geld hast, da vorne ist ein Bankautomat, dabei deutete Rebecca auf die Sparkasse, welche direkt gegenüber des Marktes lag, daneben war ein Brillengeschäft. In der Mitte des Platzes stand ein riesiger Blumenkübel aus massiven Stein. In dem Blumenkübel wuchsen verschiedene Kornblumen, Tulpen und Gänseblümchen.

Wir müssen echt ein seltsames Pärchen abgeben, so wie wir hier über den Marktplatz schlendern. Eher wie ein Herr mit seinem Hündchen, dachte sie und konnte sich ein Grinsen nicht verkneifen.

Rebecca dachte eine Sekunde darüber nach, sich loszureißen oder Passanten um Hilfe zu bitten, aber wenn er den Auslöser für ihr Halsband hier auf offener Straße betätigte, würde sie garantiert im Krankenhaus landen. *„Aber der Alptraum wäre vorbei"*, vernahm sie ihre innere Stimme. Und was war, wenn unschuldige Passanten bei dem Versuch sie zu retten selbst Schaden nahmen? Das würde sie sich niemals verzeihen können. Clemens war gefährlich und unberechenbar. Es gab da doch die Möglichkeit eines versteckten Signals, wenn sie sich nur daran erinnern könnte, wie dieses Zeichen ging und bei welcher Fernsehsendung sie es gesehen hatte. Oder hatte sie das nur geträumt? Rebecca hatte das Gefühl, dass alle Passanten sie anstarrten, manchen von ihnen grinsten. *Wahrscheinlich denken sie, dass wir eine devote Beziehung führen und es lieben, unseren Fetisch in der Öffentlichkeit auszuleben.* Sie hielt ihre linke Hand so, dass ihr Ex nicht mitbekam, dass sie immer wieder das Handzeichen machte, Hilfe ich bin entführt worden. Clemens hob 50 Euro ab, dann sagte er: „Na mein Liebling, wollen wir uns nicht da drüben an einen Tisch setzen?"

Rebecca lächelte. Warum rief niemand die Polizei? Jeder schaute sie an, Rebecca spürte die Blicke der Passanten auf sich ruhen.

Dieses verdammte Halsband, dachte sie. Viele Passanten warfen ihnen verstohlene Blicke zu, manche sogar grinsten sogar, aber niemand schien die Situation seltsam zu finden.

Wir leben in einer offenen Gesellschaft, wie ihre Freundin Laura sagte, wurden SM und BDSM sogar häufig in der Öffentlichkeit praktiziert, um die Sub noch mehr zu demütigen und zu bestrafen. Nur war sie keine Sub. Wusste denn keiner der Passanten, was dieses Zeichen bedeutete?

Ohne Widerstand ließ sich Rebecca von Clemens zu dem Tisch führen und setzte sich neben ihn.

Wenn ich einen Kugelschreiber hätte, dann könnte ich der Bedienung eine versteckte Botschaft senden. , kam es ihr in den Sinn.

Aber sie hatte kein Schreibgerät. Fliehen, aber was geschah, wenn Clemens sie einholte? Er war wahnsinnig und neben dem Auslöser für das Elektrohalsband hatte er wahrscheinlich auch eine Schusswaffe dabei. Zudem hatte er gedroht ihrer Freundin Laura etwas anzutun. Selbst wenn man ihn vorher erwischte, so gab es auch in der JVA die Möglichkeit versteckte, Botschaften und Nachrichten nach draußen zu schmuggeln. Er war zwar, als sie ihn kennen gelernt hatte, war er kein Waffennarr gewesen, aber er wusste, wie man sich absicherte. Und dann war da auch noch Laura, Clemens wusste, wo ihre Freundin wohnte, wenn bei dem Fluchtversuch etwas schief ging, würde er seinen Leuten Bescheid geben und dann musste ihre Freundin den Preis für ihren Fluchtversuch bezahlen. Das konnte sie unmöglich riskieren. Laura steckte schon jetzt viel zu tief in der Sache mit drin. Sie konnte sie unmöglich noch tiefer mit hinein ziehen. Sie konnte nur hoffen, dass irgendein Passant auf ihr Handzeichen aufmerksam wurde und die Polizei rief. Obwohl sie ein Entführungsopfer war, war sie Clemens dankbar, dafür dass er diesem Ausflug zugestimmt hatte und dafür, dass sie endlich mal wieder Tageslicht und frische Luft atmen konnte. Wie oft hetzten die Menschen von einem Termin zu anderen, ohne auf ihre Umwelt, oder auf die schönen Dinge des Lebens zu achten, wie die Vögel, die frei waren und keine Zwänge oder Verpflichtungen kannten. *Frei*, bei dem Gedanken, lief eine Träne ihre Wange hinab. Sie wischte sie mit dem Handrücken fort. Ihrem Ex, der sie scharf im Auge behielt, entging das nicht und er fragte: „Ist alles in Ordnung mein Schatz?"

„Alles bestens ich bin einfach nur froh mal wieder an der frischen Luft zu sein."

Als die Bedienung zu ihrem Tisch kam. Es waren sechs einfache rot lackierte Campingstische und zwölf lange Bänke. An jeder der Bänke könnten gut sechs Personen Platz finden. Clemens und sie waren die einzigen Kunden an diesem Tisch Clemens bestellte zwei Portionen Backfisch mit Knoblauchsoße, ein kaltes Bier und ein Glas stilles Mineralwasser für seine Freundin.

Als Bedienung das Essen brachte, aß Rebecca einen Bissen und nahm anschließend ein Schluck Wasser.

Der Fisch war köstlich nach dem Müll den, sie in den vergangenen Tagen hatte zu sich nehmen müssen, kam Rebecca der Backfisch wie eines der größten Festessen auf dem Planeten vor. Auch das stille Wasser, gegen welches sie in aller Regel eher eine Abneigung hatte, schmeckte heute wie das teuerste und beste Mineralwasser auf der ganzen Welt. Das Wasser war eiskalt und ein Eiswürfel schwamm an der Oberfläche.

„Und schmeckt es dir mein Liebling?", fragte Clemens.

„Vorzüglich mein Hase."

Clemens gab ihr einen Kuss auf die Wange. Rebecca ließ es geschehen, nur mit Mühe gelang es ihr, ihren Widerwillen zu unterdrücken und Clemens den Fisch nicht direkt ins Gesicht zu spucken.

Sie legte den Daumen so, dass ihr Peiniger es nicht sehen konnte in die Handinnenfläche und schloss sie dann zur Faust. Sie wusste, sie musste vorsichtig sein, wenn ihr Ex sah, was sie tat, könnte das für sie sehr unangenehme Konsequenzen haben. Wie viele Leute kannten dieses Zeichen überhaupt? Die Chance, dass einer der Passanten auf ihr Signal achtete und wusste, was zu tun war, war sehr gering. Aber nicht unmöglich und auch sie musste jede Chance nutzen, die sich ihr bot. Rebecca beobachtete ihre Umgebung ganz genau, vielleicht trafen sie auch einen Bekannten. Ein Businesstyp stand im Anzug und Krawatte vor einem Bekleidungsgeschäft. Woolworth stand in großen roten Lettern auf dem Firmenschild. Auf der anderen Straßenseite erblickte sie einen Fotoladen. All diese Eindrücke brannten sich in ihr Gehirn, während sie lustlos in ihrem Backfisch herumstocherte.

„Was ist hast du keinen Hunger?"; fragte Clemens und deute auf den Backfisch, welchen sie kaum angerührt hatte. Rebecca schenkte Clemens ein Lächeln und nahm einen weiteren Bissen.

Wenn es mir gelingt, mich aus seinen Fängen zu befreien, werde ich jeden Tag zu unserem Herrn oben im Himmel beten, schoss es ihr in den Sinn.

„Hey wollten wir nicht noch Klamotten kaufen gehen? Ich brauche dringend etwas Neues zum Anziehen mein Schatz."

Clemens nickte. Als sie aufstanden, traten zwei Polizisten auf Clemens und Rebecca zu. Clemens hatte gar nicht mitbekommen, dass sich die Polizisten ihnen langsam von hinten genähert hatte. Sie traten an Clemens her und sagten: „Können Sie mal bitte mitkommen und uns ihren Ausweis zeigen?"

Lebendköder

Nackt liegst du dem auf dem Bärenfell in der Holzhütte am Waldesrand. Ich kann nicht anders, als dich zu betrachten. Dein langes blondes Haar schimmert im Schein des Kaminfeuers. Die Sonne steht bereits tief am Horizont und der kalte Wind bläst und sorgt dafür, dass sich die Bäume hin und her bewegen. Der erste Frost ist im Anmarsch, das haben sie im Wetterbericht gesagt. Heute Nacht ist Vollmond. Das Ding wird kommen heute Nacht. Ich weiß noch nicht einmal, was es genau ist, ob Wolf, Werwolf oder ein riesiger ausgehungerter Grizzlybär. Niemand in eurem Dorf hat es je gesehen und diejenigen, die erblickten, hatten keine Gelegenheit mehr, es weiterzuerzählen. Ich habe nur die Fotos der Leichen gesehen. Mein Gott mir wird ganz schlecht, wenn ich daran denke, wie die Menschen danach ausgesehen haben. So wie die Opfer zugerichtet waren, scheint es sich um einen ausgewachsenen Bären zu handeln, aber welcher Bär saugt seinem Opfer anschließend die Augen aus den Höhlen? So etwas habe ich in meiner Zeit als Jäger noch nie gesehen. Ich schaue mir noch einmal die Bilder der Opfer an. Den meisten Menschen ist die Bauchdecke aufgerissen worden, sodass ihre Eingeweide heraushängen oder vor ihnen auf den Boden liegen. Was für eine Kreatur tut so etwas? Die Kreatur scheint über eine erstaunliche Körperkraft zu verfügen. Ich blicke auf meine Armbanduhr, Smartphones und Handys haben in dieser Einöde keinen Empfang. Hier leben die Leute noch fast wie im Mittelalter. Ich werfe einen die Fotos auf den Holztisch, während das Feuer im Kamin leise vor sich hin knistert. Ich drehe mich um und betrachte deinen Leib im Schein des Feuers. Ich erhebe mich von meinem Stuhl und nähere mich dir. Der Bürgermeister hat Recht, du bist wunderschön. Es ist fast schon schade, dich als Köder für diese Kreatur zu verwenden. Schatten tanzen auf deiner weißen Haut. Ich streichel dir über den Rücken. Deine Haut ist so weich und ich spüre, wie sich mein Glied aufrichtet. Ich streiche dein Haar zur Seite und küsse deine Nacken, dann öffne ich meine Hose, wobei gutturaler Laut meiner Kehle entrinnt. Ich lasse meine Hose an meinen Beinen hinabgleiten. Mein Penis ist schon ganz hart, und mein Schwellkörper zuckt hin und her. Ich lege mich auf dich und spreize deine Schenkel so weit wie möglich auseinander. Ich spüre deinen Atem auf meiner Haut als ich auf dir liege. Ich drücke dir einen Kuss auf deine Stirn. Du hast doch nichts dagegen mein Engel oder? Das Mittel, welches ich dir verabreicht habe, macht dich bewegungs- und handlungsunfähig. Außerdem unterdrückt es dein Schmerzempfinden. Ganz langsam führe ich mein Glied in dir ein. Erst bewege ich mich langsam auf dir. Vor und zurück, vor und zurück. Du liegst völlig regungslos da. Fast könnte man meinen, du seist bereits tot. Ein Stöhnen entweicht meiner Kehle, während meine Stöße immer schneller werden. Vor und zurück, vor und zurück. Ich stöhne wie ein wildes Tier. Meine Stöße werden mit jeder Minute, die vergeht schneller, rein und raus, rein und raus. Meine Eichel pulsiert in dir, erst langsam, doch wird das Zucken meines Gliedes mit jeder Sekunde, die vergeht stärker. Vor und zurück, vor und zurück. Ich stöhne wie ein wildes Tier, Sabber läuft mir aus dem Mund und benetzt deine schönen flachen Brüste. Mein Becken hebt und senkt sich, auf und nieder, auf und nieder. Einmal nehme ich meinen Penis ganz aus dir heraus, nur um ihn dir umso stärker wieder in deine Fotze zu stoßen. Hoch und runter, hoch und runter. Du bist schön eng, anscheinend bist du noch nie richtig durchgenommen worden. Aber was will man auch erwarten, von einer Person, die gerade erst achtzehn geworden ist und in einem Dorf aufwächst, wo die Menschen noch fast wie im Mittelalter leben. Vor und zurück, vor und zurück. Ich spüre wie der Drang zu kommen immer stärker, doch zögere ich den Höhepunkt absichtlich etwas hinaus. Dieser Moment gehört uns mein Engel, uns ganz allein. Vor und zurück, vor und zurück. Dann schieße ich meinen Saft direkt in dich hinein. Wenn du aufwachst, wird deine Spalte brennen wie Feuer, aber nur ganz kurz, das verspreche ich dir. Ich drehe dich auf den Bauch, sodass dein knackiger Arsch im Schein der Flammen sichtbar wird. Abermals werde ich geil, während meine Finger langsam deinen Rücken und dein Gesäß streicheln. Ich lege mich auf dich, meinen Penis findet deinen Hintereingang und dringt langsam in dir ein. Hoch und runter, hoch und runter. Meine Stöße kommen vorsichtig, werden aber schon bald härter und schneller. Rauf und runter, rauf und runter. In Anbetracht deines baldigen Ablebens ist es nur fair, wenn ich dir die letzten Stunden so angenehm wie möglich mache mein Engel. Hoch und runter, hoch und runter. Wieder nehme ich meinen Penis ganz aus dir heraus, nur um ihn dir umso stärker wieder in dein Arschloch zu stoßen. Der Schwellkörper zuckt zwischen deinen Arschbacken hin und her. Ich schließe die Augen und genieße die letzten Stunden mit dir. Dein Haar duftet nach frischen Äpfeln. Vor und zurück, vor und zurück. Ein Schrei entweicht meiner Kehle, als ich ein weiteres Mal mein Sperma in dir abspritze. Ich gehe aus dir heraus. Es war schön mit dir, doch jetzt mein Engel ist es Zeit für dich zu gehen. Ich ziehe meine Hose hoch und trage dich langsam in den Wald hinein. Der Wald wirkt gespenstisch im Licht des Mondes. Die Bäume welche bei Tageslicht so friedlich und beruhigend wirken, sehen jetzt aus wie die Wächter aus einer anderen Welt. Ihre Äste gleichen gierigen Fangarmen, welche sich nach und ausstrecken und nur darauf warten, dass ich einen Fehltritt mache, damit sie uns mit ihren Ästen erreichen und direkt in die Hölle befördern können. Bei Nacht könnte man fast glauben, man befände sich auf einem anderen Planeten und nicht mehr auf der Erde. Weißer Bodennebel umschließt meine Füße. Eisiger Wind schießt mir in die Glieder und lässt mich frösteln. An der großen Eiche direkt hinter der Hütte, binde ich dich an. Stricke schlingen sich um deine Hand und Fußgelenke. Ich binde dich so fest, dass du nicht mal den kleinen Finger rühren kannst. Du siehst immer noch verführerisch aus, im Schein der Taschenlampe sehe ich dein langes blondes Haar. Deine Brust hebt und senkt sich. Ich drücke dir einen Kuss auf die Stirn und streichel deine kleinen Brüste, die noch ganz straff und fest sind und nicht vom Alter gezeichnet. Ich nehme das Messer aus meiner Hosentasche, die Klinge funkelt im Schein des Mondes. Ganz sacht streiche ich mit der Klinge über deine Haut, dann drücke ich mit der Klinge ein wenig fester zu und ich sehe, wie die ersten Tropfen Lebenssaft deinen Körper verlassen und den Waldboden tränken. Ein Stöhnen entweicht deinen Lippen, als das Messer in deine Haut eindringt. Deine Augenlider flattern, bevor du das Bewusstsein wiedererlangst und mich eine Sekunde lang anstarrst, ehe du deine Augen wieder schließt. Ich hebe erneut das Messer und verpasse dir einige Schnitte in deine Ober- und Unterarme. Dein Körper zittert, während Blut aus deinem Körper verlässt und über deine Brust und deine Schenkel zu Erde fließt. Mein Glied richtet sich abermals auf. Fasziniert betrachte ich mein Kunstwerk und starre gierig auf das Blut, welches langsam aber kontinuierlich deinen Körper verlässt. Ein Stöhnen entweicht meiner Kehle. Der rote Lebenssaft bildet einen schönen Kontrast zu deiner weißen ansonsten makellosen Haut. Du stöhnst, deine Hände ballen sich zu Fäusten. Dein Blick trifft mich. In deinen Augen kann ich nichts als den blanken Hass erkennen, der mich noch mehr erregt. Zärtlich fahre ich mit meiner Zunge über deine linke Brust, um einen kleinen Tropfen deines Blutes in mir aufzunehmen. Dein Blut schmeckt so süß, fast so süß wie Mandarinen im Winter. Das Knacken von Ästen reist mich aus meiner Ekstase. Das Ding oder was auch immer es ist, ist auf dem Weg und du meine Schönheit wirst mein Lebendköder sein. Ein letztes Mal küsse ich deine Stirn, ehe ich mich ins Unterholz zurückziehe und einen spitzen Pfahl aus meiner Umhängetasche hole. Ich umklammere den Holzpfahl so fest, dass meine Knöchel ganz weiß werden. Kalter Schweiß steht mir auf der Stirn. Ich halte den Atem an. *Das Herz in meiner Brust schlägt so laut, dass ich damit fast sämtliche*

Tiere des Waldes vertreiben könnte, schießt es mir durch den Kopf. Dann fällt mir auf, dass ich nichts mehr höre. Keine Eule schreit, kein Uhu lässt seinen Ruf erklingen. Außer meinem Köder und mir scheint es hier im Wald kein Geräusch mehr zu geben. Bis auf mein Opfer und mir scheint kein weiteres Lebewesen in der Nähe zu sein. Es ist still, gespenstisch still. So still wie auf einem verlassenen Friedhof. Ich beobachte die Bäume und Sträucher, aber auch sie scheinen wie eingefroren. Nicht ein Ast oder Blatt bewegt sich im Wind. Was geht hier vor? Was hat das zu bedeuten? Bilde ich mir das alles nur ein? Oder ist der ganze Wald wie eingefroren? Das ist doch gar nicht möglich mitten im Sommer. Ich höre und spüre nichts außer meinem eigenen Herzschlag. Schweiß läuft meinen Nacken hinab. Dann zerreißt ein Brüllen die Stille der Nacht. Mein Köder lässt ein undefinierbares Gurgeln erklingen und trotz der Finsternis, kann ich das Entsetzen in ihren Augen sehen. Ich vernehme das Knacken von Ästen und ein Knurren, welches mir einen Schauer über den Rücken jagt. Meine Taschenlampe huscht zwischen den zwischen den Bäumen hin und her. *Die Bestie ist auf dem Weg, ich kann sie fast riechen,* kommt es mir in den Sinn. Links von mir brechen einige Zweige, dann dringt ein Schnauben an meine Ohren. Die Taschenlampe in meiner Hand zittert leicht, als ich sehe, wie die Kreatur aus dem Unterholz hervorbricht und die Frau gierig betrachtet. Mein Köder hat die Augen weit aufgerissen, in ihren Augen kann ich die blanke Panik erkennen. Ich sehe wie mein Opfer trotz ihrer Benommenheit versucht sich von den Fesseln zu befreien. Ich liebe es, in die Augen meiner Köder zu schauen, kurz bevor es mit ihnen zu Ende geht. Dabei beginnt sich mein Glied erneut aufzurichten. Die Kreatur ist fast fünf Meter groß und trägt einen langen dunkeln Panzer auf dem Rücken. Besteht der Panzer der Kreatur aus Schuppen oder Knochensegmenten? Ich weiß es nicht. Es trägt einen langen Schwanz und seine Füße bestehen aus langen spitzen Krallen, die sich tief in den Waldboden graben. Was zur Hölle ist das für ein Ungetüm? Es läuft auf zwei Beinen und besitzt an seinen Armen zwei riesige Scheren, mit denen es anscheinend seine Beute zerkleinert. Geifer läuft ihm aus dem Maul, in welchem sich eine Reihe scharfer Reißzähne befinden. Wo kam die Kreatur her? Von welchem Planeten war sie und wie ist sie auf den Planeten Erde gekommen? In meiner Zeit als Vampir- und Hexenjäger habe ich schon viele Bestien gesehen, aber noch nie ein Monster solchen Ausmaßes. Es sah aus, wie eine Mischung aus einem Tyrannosaurus Rex und etwas, was ich nicht beschreiben kann. Langsam nähert sich das Monster der Frau und beginnt an ihr zu schnuppern.

Das Wesen war intelligenter, als ich dachte, es war nicht einfach eine Fressmaschine, sondern es begutachtet seine Opfer, ehe es seine Zähne in ihr Fleisch schlägt. Ich höre, wie die Frau schreit, als sich die Zähne des Monsters in ihren linken Arm schlagen. Blut fließt in Strömen aus der Wunde, während Sehen, Muskeln, Knorpel und Knochen durchtrennt werden, als bestünden sie nur aus Papier. Blut fließt in Strömen aus der Schulter der jungen Frau, während ich mich langsam nur mit einem Hammer und einem spitzen Pfahl bewaffnet den beiden nähere. Das Ungetüm hebt seine Klaue und versetzt der Frau einen Hieb gegen die Brust, wodurch der Brustkorb ihres Opfers zertrümmert wird. Dann reißt das Monster meine Köder das Herz direkt aus der Brust. Gierig betrachtet das Monster seine Trophäe in seinen Klauen und stößt einen Triumphschrei aus, bei welchem mir das Blut in den Adern gefriert. Ich befinde mich nur noch wenige Meter von dem Monster entfernt, doch bis jetzt scheint es mich noch nicht bemerkt zu haben. Ich hole mit dem Pfahl und dem Hammer aus und treibe dem Monster den Pflock direkt in den Leib. Das Wesen brüllt vor Schmerz, es wirft den Kopf in den Nacken, dann dreht es sich zu mir um und verpasst mir einen Hieb, der mich durch die Luft schleudert und gegen den nächsten Baum prallen lässt. Ich verliere auf der Stelle das Bewusstsein.

Ich erwache im Krankenhaus, mein Körper ist ein einziger Schmerz. Das monotone Piepen des Herzmonitors dringt mir an die Ohren. Schemenhaft erkenne ich die Umrisse von zwei Polizisten. Einer der Polizisten sieht mich an und fragt: „Können Sie uns sagen, was da draußen im Wald geschehen ist?"

Niemand betrügt mich

„Du betrügst mich, du Schlampe …!", sagte Carsten, seine Augen waren gerötet, aus ihnen blitzte Pia die blanke Wut entgegen.

„Ein Freund von mir hat gesehen, wie du am Samstag mit einem anderen Kerl Händchen haltend in der Stadt unterwegs gewesen bist.

Pia fuhr bei dem Klang seiner Stimme zusammen,

„Ich habe dich nie betrogen, wer behauptet so was?" , fragte Pia, die anderen Mitbewohner sahen sie mit hasserfüllten Augen an.

„Das Ganze soll sich so gegen halb elf zugetragen haben. Doch du hast jetzt noch nicht mal den Mut deinen Fehler einzugestehen, sondern lügst mir stattdessen feige ins Gesicht." , antwortete Carsten.'

„Ich kann bestätigen, was dein Freund sagt. Ich habe euch nämlich auch gesehen." , sagte Jochen.

„Das ist nicht wahr, Jochen und das weißt du auch. Warum behauptest do so etwas? Und Carsten als du am Samstag mit deinen Kumpanen einen Saufen warst, war ich mit Karla und Flara zusammen. Wir haben hier einen Film geschaut. Wir waren den ganzen Abend zusammen.", sagte Pia.

„Also es stimmt, dass ich mit Flara zusammen einen Filmabend gemacht habe, aber Pia du bist nicht dabei gewesen.", sagte Kahla.

Pia traute ihren Ohren nicht.

„Ich kann bestätigen, was Kahla sagt, dass Pia dabei gewesen sein soll, davon weiß ich nichts, ich habe sie den ganzen Abend über nicht gesehen." , bestätigte Flara Karlas Aussage.

„Das glaube ich jetzt nicht, warum behauptet ihr so etwas?"; fragte Pia.

„Weil es die Wahrheit ist Schätzchen.", sagte Kahla.

„Warum lügt ihr, warum tut ihr das? Was ...", fragte Pia, aber weiter kam sie nicht, als Carsten ihr eine Ohrfeige verpasste, verstummte Pia. Sie wollte sich umdrehen und gehen, doch Carsten ergriff sie an den Haaren und warf sie wie einen Sack Mehl über zu Boden. Pia war so geschockt, dass es ihr gar nicht in den Sinn kam zu schreien oder die Flucht zu ergreifen. Dann verpasste Carsten Pia einen Tritt in den Magen, sodass sie sich vor Schmerzen krümmte. Dann erhielt seinen einen weiteren Tritt mitten ins Gesicht. Pia vernahm ein hohles Knacken, als ihre Nase brach. Blut floss in Strömen aus ihren Nasenlöchern und benetzte die Wohnzimmerfliesen.

„Nehmt ihr das Smartphone und die Geldbörse ab, ich denke, meine Ex wird eine sehr gute Sklavin abgeben, was meint ihr?", fragte Carsten.

Kahla lächelte, es war ein perfides hinterhältiges Lächeln, bei dem es Pia eiskalt den Rücken hinunterlief. Pia sah sich hilfesuchend nach ihren Freunden Baran und Flara um. Sie waren als Letztes mit in die WG gezogen, doch als sie Baran und Flara jetzt ins Gesicht sah, konnte sie bei beiden nur ein hinterhältiges Grinsen sehen, bei dem es ihr eiskalt den Rücken hinunter lief. Flara beugte sich zu Pia hinunter und flüsterte ihr ins Ohr: „Ich werde dein Leben zerstören, so wie du meins zerstört hast."

Flara kicherte, dann verpasste sie Pia einen weiteren Tritt in die Magengrube, sodass Pia sich vor Schmerzen krümmte. Pia hatte keine Ahnung, wovon Kahla sprach. Sie kannte Kahla erst seit ein paar Tagen, aber ihr war schon von Anfang an aufgefallen, dass mit Kahla etwas nicht stimmte und dass sie eine ausgesprochen manipulative Persönlichkeit besaß. Hatte Kahla ihren Freund dermaßen manipuliert, hatte er ihr wirklich Glauben geschenkt?

„Haltet Sie fest? Wollen doch mal sehen, was diese kleine Hure bei sich führt.", sagte Kahla und packte Pia an den Armen.

„An deiner Stelle würde ich es nicht wagen mich zu wehren, lass es einfach geschehen und tue was wir sagen oder es wird nur noch schlimmer für dich.", sagte Kahla. Bei dem Ton in Kahlas Stimme fuhr Pia unwillkürlich zusammen.

Kahla griff in Pias Hosentasche und ihr das Smartphone und die Geldbörse ab.

„Sieh mal, einer an, die brauchst du eh nicht mehr." , sagte Kahla mit einem triumphierenden Grinsen im Gesicht. Dann zog sie einen 50 Euro Schein und Pias Bankkarte aus dem Portemonnaie und fragte: „Wie ist der Pin für diese Karte?"

Pia schwieg. Was hatte Kahla getan, dass ihre sogenannten Freunde bei diesem Spiel mitspielten?

„Ich kenne die Geheimzahl. Sie lautet 0605, das ist das Datum, an dem ich mit dieser Schlampe zusammengekommen bin. Das ist der größte meins Lebens gewesen, hab ich recht?", fragte Carsten und trat Pia in den Magen, dass sie sich vor

Schmerzen krümmte. Dann spuckte Carsten Pia ins Gesicht und sagte: „Hier herrscht jetzt ein anderer Wind du kleine Hure."

Bei diesen Worten packte Carsten Pia an den Haaren und sagte: „Du tust, was wir sagen, wenn wir es sagen. Ab sofort ist es dir verboten diese Räumlichkeiten zu verlassen oder duschen zu gehen. Solltest du ein menschliches Bedürfnis haben, so hast du uns vorher um Erlaubnis zu fragen und jetzt zieh dich aus du kleine Nutte. Du sollst so rumlaufen, wie es sich für eine Hure wie dich gehört nackt! Kleidung ist dir in Zukunft verboten!"

Pia schwieg, ihre Augen füllten sich mit Tränen. Hilfesuchend sah sie sich um, doch alle sahen sie nur mit hasserfüllten Augen an. Carsten spuckte Pia ins Gesicht, dann sagte er: „Du wirst in Zukunft so leben, wie es sich für eine Hure wie du es bist gehört. Ich kann gar nicht verstehen, wie ich eine Schlampe wie dich mal lieben konnte. Ich muss in der Zeit irgendwie neben der Spur gewesen sein.", Carsten lachte und verpasste Pia eine weitere Ohrfeige. Pia schrie, bei seinem Lachen lief ihr ein eiskalter Schauer über den Rücken.

„Dafür, dass sie uns nicht die Geheimzahl ihrer Bankkarte gesagt hat, müssen wir sie bestrafen.", sagte Flara, „so ein Verhalten können wir unmöglich durchgehen lassen.", fuhr Flara fort.

Baran grinste, die anderen Mitbewohner grölten und allgemeines Gelächter erklang.

„Seht ma, jetzt heult die kleine Nutte, du hast gar keinen Grund zu heulen, wenn einer hier Grund zu heulen hat, dann

isst es Carsten, immerhin hast du in betrogen nicht wahr?",
sagte Baran.

Pia schüttelte den Kopf, worauf sie eine weitere Ohrfeige erhielt.

„Diese Schlampe wagt es doch tatsächlich noch immer, uns
feige ins Gesicht zu lügen, wird Zeit, dass wir ihr beibringen,
wie der Hase hier läuft.", sagte Baran und allgemeines Gelächter erklang. Bei diesen Worten zog Baran seinen Ledergürtel
aus der Hose und sah mit einem hinterhältigen Grinsen auf
sein Opfer herab.

Pia schluckte.

Flara, Carsten und Kahla hatten sich so positioniert, dass sie
an ihnen vorbei musste.

„Ziehst du dich selbst aus, oder müssen wir nachhelfen?",
fragte Carsten.

Pias Augen füllten sich mit Tränen, denn sie erkannte, dass sie
keine Wahl hatte. Jede weitere Weigerung würde ihr nur noch
mehr Schläge und Tritte einbringen. Hilfe konnte sie von den
Leuten, die sie für ihre Freunde gehalten hatte, keine mehr erwarten. Pia kannte Carsten und Flara bereits seit ihrer Schul-
zeit, nie hätte sie sich träumen lassen, dass Carsten und Flara
auf die Lügengeschichten von Kahla und Baran hereinfallen
würden. Sie musste die Sache von langer Hand geplant haben
und sie hatten es verdammt geschickt angestellt, ihre Freunde
gegen sie aufzubringen. Aber wieso, was versprachen sie sich
davon? , fragte sich Pia, während sie ihre Bluse aufknöpfte.
Ein Hieb dem Gürtel ließ sie aufschreien.

„Los schneller du Schlampe, du bist ab sofort unser Eigentum.

Wir entscheiden ab sofort, wann du isst, oder wann du auf die Toilette gehst. Hast du das verstanden? Und du wirst alles tun, was wir von dir verlangen und zwar ohne Widerrede.", sagte Carsten.

Pia fuhr bei seinen Worten zusammen. Ihre Finger zitterten, als sie ihre Bluse auszog. Ein weiterer Hieb traf ihren Rücken, ihre Haut platzte auf und Blut spritzte. Die Striemen auf ihrem Rücken brannten wie Feuer. Pia schrie.

„Diese kleine Hure ist wirklich zu nichts zu gebrauchen, die kann sich noch nicht einmal selbstständig ausziehen.", sagte Kahla und lachte. Baran und Carsten stimmten in Kahlas Gelächter mit ein. Pia wimmerte, mit zitternden Händen hob sie ihre Bluse vom Boden auf und legte sie über den Stuhl. Ihr Körper war ein einziger Schmerz. Die Striemen auf ihrem Rücken pochten.

„Und jetzt die Hose, mach schon du kleines Miststück!", sagte Kahla.

Pia schluckte, tat aber, wie ihr befohlen wurde. Ihr bisheriges Leben, das erkannte sie in diesem Moment, war vorbei. Kahla und Baran hatte sie zu einem allgemeinen Spielzeug gemacht. Mit denen sie tun und lassen konnten, was immer sie wollten. Pia konnte die Schadenfreude in ihren Gesichtern sehen. Aber was versprachen sie sich davon? Als Pia die Hose und die Strümpfe ausgezogen hatte, erhielt sie einen weiteren Hieb. Pia schrie auf, während heiße Tränen ihren Wangen hinab liefen.

„Reden wir chinesisch oder was? Alles haben wir gesagt. Ich denke, das ist eine angemessene Behandlung für eine Nutte wie dich, die bei der nächstbesten Gelegenheit mit jedem ins Bett steigt findest du nicht auch?"; fragte Kahla.

Als Pia auf diese Frage nicht reagierte, verpasste Carsten ihr einen Tritt in den Arsch. Der Tritt war so stark, dass Pia für eine Sekunde schwarz vor Augen wurde.

„Ich habe dich etwas gefragt?", sagte Karla.

„J -ja", stammelte Pia.

„Was ja?", fragte Carsten und verpasste Pia erneut einen Tritt.

„Das ist die richtige Behandlung .", antwortete Pia mit tränenerstickender Stimme.

Kahla steckte sich eine Zigarette an, tat einen Zug von ihrem Glimmstängel, blies den Rauch in die Luft und sagte: „Wir sollten unserer Sklavin ein Branding verpassen, das macht man doch so mit Sklaven oder?"

Baran und Carsten grölten, als sie Kahlas Vorschlag hörten.

„Haltet sie fest!", befahl Kahla.

„Außerdem sollten wir ihr anschließend eine Botschaft in den Bauch ritzen.", sagte Carsten.

Pia stockte der Atem, hatte sie ihren Ex richtig verstanden? Kahla und Baran lachten laut auf, dann sagte Kahla: „Baran und Carsten haltet die kleine Schlampe fest und steckt ihr einen Knebel in den Mund, wir wollen doch nicht, dass sie das ganze Haus zusammen schreit."

Noch ehe Pia dazu kam, etwas zu erwidern, packten Baran und Carsten Pia und drückten sie auf das Sofa. Als Pia versuchte, sich zu wehren, verpasste Baran ihr mehrere Ohrfeigen und würgte seine Mitbewohnerin.

„Du sollst still halten du Schlampe, ansonsten wird es nur

noch schlimmer für dich.", sagte Baran.

Pias Augen quollen aus den Höhlen hervor, ihr Gesicht lief feuerrot an, als sich Barans Hände wie ein ˈSchraubstock um ihre Kehle legten.

Als Baran von ihr abließ, rang Pia nach Luft und atmet stoßweise ein und aus, dann sagte sie: „Nein, bitte ich mach auch was ihr ..."

Baran lachte, dann sagte er: „Das wirst du sowieso tun, eine Hure wie du hat keine Rechte mehr nicht wahr?"

Pias Augen füllten sich erneut mit Tränen, als sie antwortete: „Was habe ich euch getan?"

„Was du getan hast? Frag deinen Freund Carsten, was du getan hast, immerhin hast du ihn betrogen und dafür wirst du jetzt bestraft Schätzchen.", sagte Baran.

„Ich habe Carsten nie betrogen.", sagte Pia.

„Halt einfach dein verdammtes Lügenmaul, Kahla und Flara haben dich gesehen. Warum sollten sie lügen. Hier gibt es nur eine, die lügt und das bist du nicht wahr?", sagte Baran.

Pia schwieg. Sie wollten ihr nicht glauben, sollte sie um Hilfe schreien, vielleicht würden die Nachbarn ...

Kalter Schweiß stand ihr auf der Stirn, das Herz in ihrer Brust raste. Ihr Atem ging stoßweise, mit weit aufgerissenen Augen starrte sie Baran ins Gesicht. Was sollte sie tun? Was konnte sie tun? Pias Auen suchten verzweifelt das Wohnzimmer ab, gab es hier etwas, womit sie sich verteidigen konnte? Ihr Blick fiel auf den Aschenbecher, der auf dem Wohnzimmertisch stand. Doch erst einmal musste es ihr gelingen, sich aus Barans Griff zu befreien. Seine Hände hatten sich wie Schraubstöcke um ihre Handgelenke gelegt. Kahla kam mit einem alten Putzlappen auf sie ins Wohnzimmer und sagte: „Seht mal, damit können wir die kleine Schlampe knebeln." Ihre Augen strahlten voller Vorfreude. Sie trat auf die am Boden liegende Pia zu, kniete sich zu ihre hinunter und sagte: „Öffnest du freiwillig deinen Mund oder müssen wir nachhelfen?"

Pia tat, wie ihr befohlen wurde, ihre Augen füllten sich abermals mit Tränen. Pia würgte, als Kahla ihr den Putzlappen in den Rachen schob.

Flara fischte eine Zigarette aus ihrer Marlboro Schachtel, zündete sie mit einem Feuerzeug an und tat einen tiefen Zug. Wie gebannt starrte Pia auf die Zigarette. Flara formte mit ihren Lippen weiße Ringe aus Rauch, welche sie in die Luft blies. Pias Atem rasselte, kleine Schweißperlen bildeten sich auf ihrer Stirn. Sie bäumte sich unter Barans Griff auf, worauf Baran sagte: „Das schaffst du nicht Schätzchen, schon bald wird jeder hier im Ort wissen, dass du nicht mehr als eine billige Hure bist, die es mit jedem macht, den sie bekommen kann. Das Problem wird nur sein, dass dich niemand mehr haben will, wenn wir mit dir fertig sind."

Pia stöhnte, sie wollte schreien, etwas erwidern, aber der Putzlappen in ihrem Mund erstickte jeden Widerspruch im Keim. Aus ihrer Kehle drangen nur einige unartikulierte Laute hervor. Kahla lachte und sagte: „Bitte wolltest du etwas sagen? Tut mir leid, aber wir verstehen dich nicht. Kannst du nicht ein wenig deutlicher und lauter sprechen?"

Flara lachte, ihre Zigarette war inzwischen halb herunter gebrannt. Sie nahm erneut einen Zug von der Zigarette.

„So eine Zigarette tut wirklich gut und beruhigt die Nerven. Aber ich glaube, ich habe jetzt genug. , sagte Flara.

Baran und Kahla lachten, während Pia mit aufgerissenen Augen auf die Zigarette in Flaras Fingern starrte, die sich ihr langsam näherte.

„Drehen wir die Schlampe auf den Bauch, ich denke, so ein Branding auf den Arschbacken kann echte Wunder bewirken.", sagte Carsten.

Baran und Kahla drehten Pia auf den Bauch. Pia versuchte, sich zu wehren, aber Baran ergriff sie an den Haaren und sagte: „Wenn du dich wehrst, werde ich dir mit der Zigarette die Augen ausbrennen. Hast du das verstanden?"

Pia nickte, sie hatte keine Zweifel daran, dass diese Schweine ihrer Drohung Taten folgen ließen. Pia schloss die Augen und sog die Luft ein. Händen griffen nach ihr. Pia spürte, wie sich Flaras Zigarette langsam ihrem Po näherte. Sie konnte bereits die Wärme der Glut auf ihrer Haut spüren. Pia stöhnte, der Putzlappen in ihrem Mund versprühte einen modrigen Geruch. Dann ein brennender Schmerz auf ihrer Haut. Der Geruch von verbranntem Fleisch stieg ihr in die Nase, als sich die Zigarette gnadenlos in ihre Haut brannte. Noch einmal drückte Flara zu, ehe sie die Zigarette zu Boden fallen ließ. Pia wimmerte, als ihre Peiniger kurzzeitig von ihr abließen, rollte sie sich wie ein Baby zusammen. Die Stelle, an der man ihr das Branding verpasst hatte, pochte und eine kleine Brandblase bildete sich.

„Jetzt gehörst du offiziell uns und jetzt wirst du die Asche, die hier auf dem Boden liegt mit deiner Zunge auflecken. Hast du verstanden du Schlampe?", sagte Baran und nahm Pia den Putzlappen aus dem Mund. Pia tat, wie ihr befohlen wurde. Die Brandwunde auf ihrem Po pochte und die Striemen auf ihrem Rücken brannten wie Feuer. Alles in ihrem Innerem zog sich zusammen, als sich der Geschmack von kalter Asche auf ihre Zunge legte.

„Hey du siehst richtig gut aus, du bist ja ein richtiges Kunstwerk. Fast wie von Picasso. Und jetzt du Schlampe wirst du mir die Füße küssen.", sagte Kahla und lachte.

Pia atmete tief ein, sog die abgestandene Luft aus Schweiß, Bier und Rauch ein.

Ich werde dein Leben zerstören, so wie du meines zerstört hast. , hallten Kahlas Worte in Pias Kopf wieder. Was meinte Kahla damit? Sie hatte Kahla bis vor ein paar Wochen noch gar nicht gekannt. Was sollte sie ihr also getan haben? War Kahla krank, litt sie unter Wahnvorstellungen oder nahm sie Drogen? Für Pia hörte es sich fast so an. Kahla brauchten in Pias Augen professionelle Hilfe. War sie eifersüchtig auf ihre Beziehung mit Carsten? War das der Grund, warum Kahla die anderen gegen sie aufgehetzt hatte?

Ein Schlag mit dem Gürtel ließ Pia aufschreien.

„Was hat man dir gesagt du Schlampe? Wenn du nicht spurst, wird es nur noch schlimmer für dich. Aber anscheinend reicht das noch nicht..", sagte Kahla und verpasste Pia einen Faustschlag ins Gesicht. Pia schrie auf, sie zitterte, dann tat sie, was Kahla von ihr verlangte, und küsste ihr die Füße. Alles in Pias zog sich zusammen, sie schluchzte.

„Jetzt will dich niemand mehr haben du Miststück, oder

glaubst du, dass auch nur ein Kerl auf so eine Schlampe wie dich stehen könnte?", fragte Kahla.

Dafür habt ihr gesorgt, aber der Tag eures Gerichtes wird kommen. Oder glaubt ihr etwa, dass ihr damit davon kommt. Irgendwann wird jemand misstrauisch werden, sei es jemand aus meiner Familie oder Freunde. Aber hatte sie überhaupt Freunde? Bis vor wenigen Stunden, hatte sie Kahla, Baran und Flara noch als ihre Freunde bezeichnet und jetzt waren sie ihre schlimmsten Feinde, die sie wie eine Sklavin hielten. Vielleicht könnte sie unbemerkt einen Zettel aus dem Fenster werfen oder wenn sie unachtsam wurden, aus dem Haus fliehen. Sie durfte die Hoffnung nicht aufgeben und musste auf den passenden Augenblick warten. , kam es Pia in den Sinn.

Pia sah sich in der Wohnung um. Alte Pizzakartoons, Asche, Zigarettenkippen und mehrere Flaschen Wodka standen auf dem Tisch und auf dem Fußboden.

„Und jetzt du Miststück räume auf! Die leeren Flaschen in einen blauen Sack und die Pizzakartoons in den Müll. Anschließend wirst du den Sack in die Mülltonne werfen und das Ganze nackt.", sagte Carsten.

Pia tat, wie ihr befohlen wurde, während eine Träne ihre Wange hinunterlief. Sie nahm einen Müllsack und begann den Abfall einzusammeln. Ein Schlag mit dem Gürtel ließ sie aufschreien. Es klatschte, ihr ganzer Rücken war mit Striemen übersät. Sie wimmerte.

„Wollen doch mal sehen, ob die kleine Schlampe schon feucht ist." , sagte Carsten und griff seiner Ex in den Schritt. Pia schloss die Augen, geschah das alles wirklich oder war das alles nur ein Alptraum? Lag sie vielleicht in ihrem Bett und schlief, aber wenn ja warum erwachte sie dann nicht? Ein weiterer Hieb mit der Gürtelschnalle traf sie am Hinterkopf. Pia schrie auf, für den Bruchteil einer Sekunde wurde ihr schwarz vor Augen und sie ging in die Knie. Alles um ihr herum drehte sich. Das Wohnzimmer, die Wände, das alles verschwamm für den Bruchteil einer Sekunde vor ihren Augen. Blitze tanzte vor ihrem Gesichtsfeld. Pia schloss die Augen für eine Sekunde, als sie sie wieder öffnete, war das Schwindelgefühl verschwunden.

„Hey die ist ja tatsächlich feucht,", sagte Carsten. „Der Sex mit ihr war immer voll langweilig, nur im Dunkeln und nur ein wenig fummeln. Warum hast du nicht gleich gesagt, dass du auf Schmerzen stehst.", fuhr Carsten fort und verfiel in schallendes Gelächter.

„Jetzt will sie eh keiner mehr haben.", sagte Baran, dann spuckte er Pia ins Gesicht. Grünlicher Rotz lief langsam ihr Lippen hinab. Ihre Mitbewohner lachten. Pia stiegen die Tränen in die Augen. Bitte nicht, dachte Pia. Sie wollte sich vor diesen Arschlöchern nicht auch noch die Blöße geben und anfangen zu flennen.

Ein Zettel, ein Zettel mit einem Hilferuf könnte mich retten, schoss es Pia in den Kopf. *Aber was ist, wenn meine Peiniger von dem Zettel Wind bekommen? Was werden sie mir dann antun?* Wie lange war es her, dass Kahla und Carsten sie hier im Wohnzimmer nackt zurückgelassen hatten? Pia hob den Kopf, Mondlicht schien durch das Wohnzimmerfenster. Schemenhaft konnte sie die Umrisse der Möbel erkennen. Was spielte es für eine Rolle, ob sie sie bei dem Versuch Hilfe zu bekommen erwischten. Sie musste das Risiko eingehen. Viel schlimmer als jetzt konnte es eh nicht mehr werden. Pia riss ein Stück Pappe von einem der Pizzakartoons ab. Lag hier zwischen den Müll irgendein Schreibgerät? Ein Kugelschreiber oder ein Bleistift? Pia räumte einige Bierdosen beiseite, die Striemen auf ihrem Rücken brannten wie Feuer und die Brandwunde auf ihren Arschbacken verursachte ein unangenehmes Pochen, welches sie fast wahnsinnig werden ließ. In diesem Moment wusste nicht, welche ihrer Verletzungen ihr mehr Schmerzen bereitete. Pia biss sich auf die Unterlippe, bis sie blutete. Es tat gut, mal einen anderen Schmerz zu spüren. Pia erhob sich stöhnend, sie hatten hier doch irgendwo Schmerzmittel Ibuprofen oder so. Im Medikamentenschrank lag doch garantiert auch noch eine Voltarensalbe. Vorsichtig setzte Pia einen Fuß vor den anderen, was von einem stechenden Schmerz in ihrem Schädel begleitet wurde. Der Abfall knirschte unter ihren Füßen. Ihre Kehle war so trocken wie ein Reibeisen. Vorsichtig bahnte sich Pia einen Weg durch den Unrat bis in den Flur, dabei versuchte sie so wenig Lärm wie möglich zu verursachen. Pia lief in die Küche, sie wagte es nicht, das Licht einzuschalten, der Umrisse der Stühle waren im Mondschein deutlich zu erkennen. Pia ging zur Spüle und drehte den Wasserhahn auf. Ein Rauschen drang ihr an die Ohren und sie fuhr für den Bruchteil einer Sekunde zusammen. Wenn ihre Peiniger mitbekamen, dass sie trank oder auf der Suche nach Medikamenten waren, was würden ihr dann blühen? Pia schöpfte eine Hand voll Wasser und warf es sich ins Gesicht. Gierig sog sie das kühle Nass ein, welches sich seinen Weg von ihrer Zunge, ihre Kehle hinunter bahnte. Als sie ein wenig getrunken hatte, fühlte sie sich besser. Pia verlies die Küche, und ihr Blick fiel auf die Haustür. In der Regel war die Tür nicht verschlossen. Auf Zehenspitzen schlich sie zur Tür. Der Weg von der Küche bis zur Haustür kam ihr heute wesentlich länger vor. Rechts von ihr an der Wand hing ein Spiegel, auch einige Jacken hingen an der Garderobe. Als Pia im Mondlicht einen Blick in den Spiegel warf, erschrak sie. Ihre Lippen waren geschwollen, ihre Nase hatte sich in einen purpurnen Ton verfärbt, der schon fast violett war. Ihre Augen waren zugeschwollen und auf ihrer linken Wange konnte Pia deutlich die Abdrücke von der Faust ihres Exfreundes erkennen.

Wäre jetzt Fasching, bräuchte sie sich nicht mal zu schminken, kam es ihr in den Sinn, worauf ein leises Kichern ihre Kehle verließ. Wenigstens hatte sie ihren Humor nicht verloren. Auf Zehenspitzen schlich Pia zur Wohnungstür, sie drückte die Klinke herunter, aber die Tür war verschlossen. Pia schlug das Herz bis zum Hals. Die Schweine hatten ihr alles abgenommen, auch den Wohnungsschlüssel. Aber vielleicht hatte einer ihrer Mitbewohner einen Haustürschlüssel in seiner Jackentasche vergessen. Pia durchsuchte sämtliche Jackentaschen, konnte aber in keiner Jacke einen Schlüssel finden. Ihr Ihr Blick fiel auf das Schlüsselbrett rechts an der Wand neben der Haustür, aber das Schlüsselbrett war leer. Pia lehnte sich mit dem Rücken an die Wand im Flur, ließ sich langsam zu Boden sinken und weinte. Wenig später schlief sie ein.

Pia schlug die Augen auf, Türen öffneten und schlossen sich.

„Los steh auf du Miststück und deck den Frühstückstisch !" ,
sagte Carsten, wobei er Pia einen Tritt in die Seite verpasste.
Pia erhob sich stöhnend und eilte in die Küche.

„Guten Morgen Liebling." , sagte Kahla und gab Baran einen
Kuss. Pia ballte die Hände zu Fäusten, sagte aber nichts, sondern beeilte sich, den Tisch für ihre Peiniger zu decken. Sie
brauchte Hilfe, aber wie und von wem? Die Haustür war verschlossen und sie besaß nichts mehr. Pia hatte Durst, als sie
gerade etwas Wasser aus dem Hahn trinken wollte, betrat
Kahla die Küche und fragte: „Was tust du da, du Schlampe?"
Noch ehe Pia sich umdrehen konnte, war Kahla bei ihr und
ergriff ihre Haare, dann drückte sie Pias Kopf unter den Wasserhahn.

„Habe ich dir erlaubt, etwas zu trinken, du Schlampe? Du
willst etwas trinken, das musst du dir erst verdienen.", sagte
Kahla und stieß Pia zu Boden.

„Keine Angst, du wirst etwas zu trinken bekommen, aber was,
das entscheiden wir. Hast du das verstanden?" , bei diesen
Worten nahm Kahla ein Feuerzeug aus der Hosentasche und
hielt es Pia direkt vors Gesicht. Die kleine Flamme des Feuer-
zeuges tanzte vor Pias Augen hin und her. Pia hielt den Atem
an. Für sie bestand kein Zweifel, dass Kahla ihrer Drohung
Taten folgen ließ.

„Baran, Casten und Flara kommt doch mal aller, dieses Miststück ist durstig, ich denke, wir sollten ihr etwas zu trinken
geben. Wir sind ja keine Unmenschen nicht wahr?" , sagte
Kahla und lachte. Baran, Karsten und Flara eilten in die Küche
und positionierten sich so um ihr Opfer, dass es nicht entkom-

men konnte. Pia schlug das Herz bis zum Hals.

„Was ist los? Dieses kleine Miststück wollte etwas trinken, ohne uns vorher um Erlaubnis zu fragen? Ich würde sagen, dann geben wir ihr doch etwas zu trinken. Los du Schlampe, mach deinen Mund auf und dann wirst du schön schlucken, was wir dir geben!", sagte Baran und öffnete seine Hose. Seine Hose lies Baran samt Unterhose hinunter und sagte: „Los Mund auf, oder wir helfen nach!"

Pia presste die Lippen so fest aufeinander, wie es ihr möglich war, doch Kahla zog ihr an den Haaren, sodass Pia keine andere Wahl blieb, als ihren Mund zu öffnen, dabei sagte Kahla: „Los mach den Mund auf und dann schluck du Miststück. Hm ist das nicht lecker?"

Pia schrie, dann legte sich ein salziger Geschmack auf ihre Zunge. Der Geruch von Urin erfüllte ihre Nase. Sie schluckte, wobei sie gleichzeitig gegen den Drang ankämpfte, ihre letzte Mahlzeit bei sich zu behalten.

„Carsten musst du dich nicht auch noch entleeren?", fragte Baran und lachte.

„Stimmt ich muss mich auch noch entleeren." , antwortete Carsten und stellte sich breitbeinig vor Pia hin. Ein Schluchzen entwich Pias Kehle, doch tat sie, wie ihre Peiniger befahlen. Erneut benetzte warmes Urin ihr Gesicht und ihre Brust, während sich ein salziger Geschmack auf ihre Zunge legte.

„Sehr gut, und jetzt wirst du ein braves Hündchen sein und alles was daneben gegangen ist, mit deiner Zunge auflecken, ist es nicht so?", fragte Carsten.

Pia schloss die Augen und nickte. Pias Peiniger lachte und

gröhlten, während sie wie ein Hund auf allen vieren auf dem Fußboden kauerte und begann den Urin ihrer Peiniger aufzulecken. Abermals füllte ein salziger Geschmack ihren Mund.

„Für viel mehr, ist dieses Miststück eh nicht zu gebrauchen. In Zukunft wird das dein Standardgetränk sein. Hast du verstanden? Leitungswasser wirst du nur dann trinken dürfen, wenn du es dir durch besondere Leistung verdienst und alles tust, was wir von dir verlangen ohne Widerwillen oder Zickereien. Verstanden?" , sagte Kahla und lachte.

Pias Augen füllten sich mit Tränen, doch antwortete sie: „Ja ich habe verstanden."

„Sehr schön, und jetzt decke den Frühstückstisch und dabei ein wenig Beeilung wenn ich bitten darf." , sagte Kahla.

Pia erhob sich und tat, wie ihr befohlen wurde.

„Sehr schön du kleines Miststück, bist ja doch zu etwas zu gebrauchen. Während wir jetzt frühstücken, wirst du auf den Boden vor dem Tisch knien und dich nur rühren, wenn wir es dir erlauben!", sagte Baran.

Salami, Käse und Wurst standen auf dem Tisch, dazu hatte Pia verschiedene Brötchen aufgebacken wie Körner-, Sesam-, und Weizenbrötchen und diese in einem Brötchenkorb auf den Tisch gestellt. Neben den Brötchen standen Butter und Margarine. In einer Thermoskanne dampfte heißer Kaffee. Diese Thermoskanne hatte Carsten mit in die WG gebracht. Pia konnte sich noch gut daran erinnern. Carsten und sie waren ein Paar gewesen, bevor Flara und Baran zu ihnen gezogen waren. Eine Träne lief ihre Wange hinab. Carsten war charmant und aufmerksam gewesen. Er hatte es immer verstanden, sie zum Lachen zu bringen. Sie und Carsten hatten jedes Wochenende gemeinsam etwas unternommen, wie bspw. einen Stadtbummel oder einen Besuch im Berliner Zoo. Auch bei ihren Eltern war Carsten immer beliebt gewesen. Ihr Vater fand, dass Carsten einen sehr bodenständigen Eindruck machte. Immerhin studierte ihr Exfreund Medizin und arbeitete nebenbei im Cineplex an der Abendkasse. Pia seufzte, das alles war jetzt vorbei. Eine Träne lief ihre Wange hinab, Pia wischte sie mit dem Handrücken fort. Ihr Magen knurrte, der Duft von frischem Brötchen und Kaffee stieg ihr in die Nase und ihr lief das Wasser im Mund zusammen. Für den Bruchteil einer Sekunde spielte sie mit dem Gedanken, ihre Peiniger nach etwas zu essen zu fragen. Verwarf den Gedanken jedoch wieder, da sie sich nicht noch mehr vor diesen Schweinen erniedrigen wollte.

Auf das ihr alle daran erstickt, kam es Pia in den Sinn. Pia hielt den Blick gesenkt, sie konnte ihre Peiniger unmöglich ansehen. Was Baran und Kahla beruflich machten, wusste Pia nicht. Sie selbst studierte Biologie und arbeitet als Aushilfe in einem Tierheim.

Hatte gearbeitet, schoss es ihr in den Kopf. Diese Schweine würden sie garantiert nicht zur Arbeit lassen. Aber wie wollten sie dann die Miete bezahlen? Soweit Pia wusste, arbeiteten Baran und Kahla nicht, sondern wurden finanziell von ihren Angehörigen unterstützt. Verwöhnte kleine Gören.

Wenigstens besitze ich jetzt ein recht buntes Muster, in verschiedenen blau und rot Tönen und dazu auch noch lyrische Ergüsse. Fast wie eine Postkarte oder so. Bei dem Gedanken musste sie innerlich grinsen. Fast hätte sie über ihren eigenen Witz lachen können, wenn die Umstände nicht so traurig wären. Ergab sich vielleicht eine Gelegenheit zur Flucht? Wenn einer ihrer Mitbewohner die Wohnung verlassen wollte. Pia sah, wie sich Kahla eine Tasse Kaffee eingoss.

Jetzt rächte es sich, dass sie keinen Festnetzanschluss besaßen. Pia besaß einen Laptop, aber dieser war in Carstens Schlafzimmer, welches früher auch mal ihr Schlafzimmer gewesen war.

Vielleicht gelingt es mir, in einem unbeobachteten Moment an meinen Laptop zu kommen und mich im Bad einzuschließen, schoss Pia durch den Kopf. Wenn sie einen Stuhl oder einen Besenstiel zwischen die Türklinke klemmte? Dis würde ihre Peiniger wenigstens kurzzeitig aufhalten. Würde die Zeit reichen, um einen Hilferuf an ihre Familie oder die Polizei zu senden? Pias Blick fiel auf die Schlafzimmertür. Im Geiste maß sie die Schritte ab. Es waren vielleicht zehn bis fünfzehn Schritte. Wenn sie aufsprang und keine Zeit verlor, könnte sie es vielleicht schaffen. Aber keiner von ihnen schloss seine Schlafzimmertür ab. Was geschah, wenn sie sie in die Finger bekamen? Außer zum Bad und für die Haustür gab es für kein anderes Zimmer einen Schlüssel. In der Abstellkammer stand ein Besen. Pia kam eine Idee, es war demütigend, aber es war ihre einzige Chance. Sie atmete einmal tief durch, dann fragte sie: „Darf ich auf die Toilette?"

„Geh schon du kleine Pissnelke.", antwortete Carsten.

„Danke", sagte Pia und verließ die Küche. Auf Zehenspitzen schlich sie durch den Flur zur Abstellkammer. Das Herz schlug ihr bis zum Hals. Kleine Schweißperlen standen ihr auf der Stirn.

Wenn sie mich erwischen, werde sie mich krankenhausreif prügeln, kam es ihr in den Sinn. Aber lieber ein paar Wochen im Krankenhaus verbringen, als weiter wie eine Leibeigene leben zu müssen. Sie musste das Risiko eingehen. Pias Kehle war wie zugeschnürt, als sie vor der Abstellkammer stand, atmete sie einmal tief durch, ehe sie die Klinke nach unten drückte und die Tür aufstieß. Der Geruch von Chlor und Bleiche stieg Pia in die Nase. Einige Putzeimer und Lappen lagen oder standen auf dem Boden. Ihr Blick fiel auf einen alten Besen. Wenn sie damit die Türklinke blockierte, könnte ihr Vorhaben gelingen. Pia wurde heiß und kalt zugleich. Als sie nach dem Besen greifen wollte, spürte sie eine Hand in ihrem Genick.

„Was soll das denn werden du dreckige Schlampe?", fragte Baran.

Pia schossen die Tränen in die Augen, dann sagte sie: „Ich, ich wollte nur anfangen, sauber zu machen."

„Mitkommen, du kleine Hure. Wir werden in der Gruppe beraten, welche Strafe du für dein Fehlverhalten erhalten wirst.", antwortete Baran und lachte.

Pia schrie, als Baran sie an den Haaren packte und sie an den Haaren aus der Abstellkammer, durch den Flur bis ins Wohnzimmer zog.

„Diese kleine dreckige Hure hat uns belogen, sie war gar nicht auf der Toilette . Sie war im Abstellraum. Ich weiß jedoch nicht, was sie dort wollte. Sie behauptet, sie wolle anfangen, sauber zu machen. Dabei wissen wir doch alle, dass sie in

Wahrheit ein faules Miststück ist.", sagte Baran.

Carsten und Kahla erhoben sich von ihren Plätzen und traten auf Pia zu. Kahla verpasste Pia eine Ohrfeige, dann sagte sie: „Diese kleine Schlampe hat anscheinend noch immer nicht kapiert, wie der Hase hier läuft. Aber das wirst du schon noch lernen nicht wahr?", bei diesen Worten spuckte sie Pia direkt ins Gesicht. Kahla verpasste Pia einen Stoß, sodass Pia das Gleichgewicht verlor und nach hinten fiel. Ein Schrei entfuhr Pias Kehle, ehe sie mit dem Genick gegen die Tischkante prallte. Pia hörte noch das Knacken ihrer Halswirbel wenige Sekunden, bevor sie brachen.

Zwei Tage nachdem Pia verstarb, kam die Polizei. Pias Schwester Ruth , hatte sich Sorgen gemacht, da sie ihre kleine Schwester, seit vier Tagen nicht erreichen konnte. Auch nachdem sie direkt bei der WG vorbeigefahren war, blieb die Tür verschlossen. Nachdem Ruth erfahren hatte, dass ihre Schwester zwei Tagen unentschuldigt der Arbeit fern geblieben war, informierte sie die Polizei. Als die Polizisten den Tatort betraten, bot sich ihnen ein Bild des Grauens. In einer völlig verwahrlosten Wohnung, zwischen Bierdosen, Müll und Zigarettenkippen lag der leblose Körper von Pia. Übersät mit Hämatomen, Striemen und Brandwunden. Baran und Flara wurde von den Polizisten mit aufs Revier genommen. Die Staatsanwaltschaft erhob Anklage, wegen häuslicher Gewalt, unterlassener Hilfeleistung und Körperverletzung mit Todesfolge. Carsten und Kahla wurden trotz intensiver Fahndung nicht gefunden. Baran wurde wegen Freiheitsberaubung, Körperverletzung mit Todesfolge und unterlassener Hilfeleistung angeklagt zu einer mehrjährigen Haftstrafe verurteilt.

Weitere Werke von Stefan Lamboury

Schattenwesen Kurzgeschichtensammlung

Das Buch:

Mehrere Frauen werden von einigen Männer entführt, um sich in einer Arena gegenseitig umzubringen. Diese Kämpfe werden Live ins Darkweb übertragen, doch eine der Frauen, ist stärker als die Männer gedacht haben.

Ein Team von Meeresbiologen nehmen eine wissenschaftliche Untersuchung der atlantischen Ozeans vor unter anderem auch im Bereich des legendären Bermuda Dreiecks. Plötzlich entdecken die Forscher ein Schiff, welches vor über hundert Jahren im Bermuda Dreieck spurlos verschwand. Sie beschließen an Bord des Schiffes zu gehen, doch muss die Gruppe feststellen, dass manche Dinge besser unerforscht bleiben.

Diese und weitere Kurzgeschichten erwarten die Leser.

ISBN Taschenbuch: 9783744886796
ISBN Ebook: 9783759226471

<h1 style="text-align:center">Wesen ohne Seelen Kurzgeschichtensammlung</h1>

Das Buch:

Ash wird von einigen Männern entführt und zusammen mit anderen Frauen in einem Stall festgehalten, Schnell wird ihr klar, dass sie dort als lebende Kühe gehalten und gemolken werden sollen, Dann fasst Ash einen waghalsigen Plan. / Die Freunde Logan, Charlett, Ava und Maso machen einen gemeinsamen Jagdausflug, ohne zu ahnen, dass in den Wäldern etwas lauert, was man besser nicht wecken sollte./ Drei Freunde machen in den Sommerferien ein gemeinsames Camping im Wald ohne zu ahnen, dass der flötende Mann nicht nur eine schöne Schauergeschichte ist. / Casy Green zieht gemeinsam mit ihrer Tochter nach New York, um dort ein neues Leben zu beginnen. Schnell werden sie jede Nacht durch einen eskalierenden Nachbarschaftsstreit wachgehalten, als Casy sich einmischt geraten sie und ihre Tochter in tödliche Gefahr/ Annika lernt im Internet dem sympathisch erscheinenden Matteo kennen und lieben. Als sie zu ihm auf den Hof zieht, muss sie feststellen, dass sie in die Hände eines wahnsinnigen Psychopathen geraten ist.

ISBN Ebook: 9783759232977

ISBN Taschenbuch: 978-3-384-14599-4

ISBN Hardcover: 978-3-384-14600-7

**Schatten auf den Wegen des Lebens Kurzgeschichtensamm-
lung**

Das Buch:

Sally ist schwer krank, ihr Mann steht ihr während dieser Zeit
bei, doch bald wird er feststellen, dass es noch viel schlimmer
um sie steht, als er gedacht hat.

Paul und Daniel gehen nachts auf den Friedhof um eine Mut-
probe zu absolvieren. Dabei erwecken sie etwas, was besser
nie in unsere Welt hätte gelangen dürfen.

Ein Mann verbringt ein paar vergnügliche Stunden mit einer
Frau und hat für sie eine besondere Überraschung parat.

Hanna soll aus dem Gefängnis entlassen werden. Am Tag vor
ihrer Entlassung fasst sie einen folgenschweren Entschluss.

Karin erhält von einem Unbekannten Briefe mit makaberen
Inhalten, schon bald muss sie feststellen, dass es sich um mehr
als einen bösen Scherz handelt.

Als Andrea mit ihrem Vater allein ist, erwarten sie die
schlimmsten Stunden ihres Lebens.

Karin wird von einem Unbekannten entführt und muss um ihr
Leben bangen.

Ein Mann wird von einem Geist heimgesucht, der ihm eine
überraschende Botschaft überbringt. **Diese und weitere Kurzgeschichten erwarten die Leser.**

ISBN Taschenbuch: 978-1520726083

ISBN Hardcover: 978-3384179784

ISBN Ebook: 978-3759233004